Der Hüter der Felder

UWE GARNITZ

Der Hüter der Felder

Bibliografische Information der Deutschen Nationalbibliothek:
Die Deutsche Nationalbibliothek verzeichnet diese Publikation
in der Deutschen Nationalbibliografie; detaillierte bibliografische
Daten sind im Internet über http://dnb.dnb.de abrufbar.

Satz, Umschlaggestaltung, Herstellung und Verlag:
BoD – Books on Demand

ISBN: 978-3-7460-4165-0

Inhalt

Der Hüter der Felder

Der Mann hatte die Begegnung nie vergessen. Vor zwei Jahren war es, genau hier. Jetzt fuhr er wieder mit dem Fahrrad durch diese verlassene Gegend. Wie damals war niemand außer ihm unterwegs. Bis zum Horizont nichts als Wiesen und Felder. Der dünne Frühnebel hatte sich noch nicht ganz verzogen, im Sonnenlicht schien die Erde zu dampfen. Ohne Kurven ging es geradeaus, auf holperigen Feldwegen. Bäume standen sehr wenige am Wegesrand, manchmal ein vom Wind zerzauster Strauch. Hier und da stand ein einzeln stehender, großer Baum, mitten auf einer Weide. Der Mann erinnerte sich genau, in dieser Gegend musste es gewesen sein, damals, vor zwei Jahren. Ein Ereignis, welches ihm seitdem nie mehr aus dem Kopf gewichen war. Im herbstlichen Frühnebel hatte er damals mit dem Rad angehalten und war abgestiegen, um ein Foto zu machen. Der Nebel hatte eine sehr große, allein stehende Eiche in einen weißlichen, zarten Hauch gehüllt. Sonnenstrahlen versilberten das Bild und gaben dem Baum etwas Mystisches.

Während er noch die optimale Kameraeinstellung und die richtige Belichtung suchte, hatte er durch den Sucher des Fotoapparates am gegenüberliegenden Feldrand eine

Gestalt erblickt. Die Eiche leuchtete im frühmorgendlichen Sonnenschein. Der Mann machte unzählige Fotos, mal ging er nach rechts, dann nach links. Dann wiederum ging er in die Knie, oder fotografierte flach vom Boden aus. Nie verlor er jedoch die Gestalt am anderen Ende des Feldes aus den Augen. Er war also nicht alleine hier in dieser verlassenen Gegend. Wieder auf dem Fahrrad, war er um das gesamte Feld herumgefahren und zu der Stelle gekommen, an der er die Gestalt gesehen hatte.

Zuerst hatte er nichts erkennen können, dann aber, näherkommend, wurde er am Rande des Feldes einer menschlichen Gestalt gewahr, die auf einem abgesägten Baumstamm saß. Zusammengekrümmt, sich auf einen rustikalen Stock stützend, hatte dort ein alter Mann gekauert. Der Mann war neugierig vom Rad gestiegen und auf den Alten zugegangen, ohne dass dieser sich zu dem Ankommenden umgedreht hatte. Sein stark abgenutzter, dunkelgrüner, speckig glänzender Mantel hing hinunter bis auf den Boden. Auf dem Kopf trug er einen alten, schäbigen Lederhut mit breiter, geschwungener Krempe.

Das Fahrrad beiseitelegend, war es dem Mann sofort durch den Kopf gegangen, es müsse sich wohl um einen Schäfer handeln. Aber weit und breit war keine Schafherde, kein einziges Schaf zu sehen. Er ging auf den alten Mann zu und sagte absichtlich forsch-rustikal: »Grüß Gott, der Herr! Ich hoffe, ich störe Sie nicht!«

»Doch, das tust du, und Gott gibt es nicht!«, erwiderte der Alte mit überraschend klarer Stimme.

Der Mann war zusammengezuckt und erschrocken einen Schritt zurückgewichen. Lange war er nicht mehr von einem Fremden geduzt worden.

»Aber ich wünsche dir einen guten Morgen!«, unterbrach der alte Mann seine Gedanken.

»Guten Morgen!«

»Eigentlich ist es auch gut, dass du gekommen bist«, sagte der Alte, »so kann ich dich heute schon mal kennenlernen.« Während er das sagte, hatte er sich umgedreht und direkt seinem Gegenüber ins Gesicht geschaut. Er zeigte sein braun gebranntes, von tiefen Falten zerfurchtes Gesicht. Seine Augen waren bemerkenswert klar und hellblau.

»Wieso wollen Sie mich denn kennenlernen, wir sind uns doch noch nie begegnet«, stammelte der Mann überrascht.

»Eben deshalb«, lächelte der Alte, »du hast viele Fragen!«

»Entschuldigen Sie bitte, darf ich so neugierig sein und fragen, was Sie hier tun? Sind Sie schon lange hier? Ich sehe keine Schafe und Sie sind doch sicherlich Schäfer, oder?«

»Wenn hier keine Schafherde ist, bin ich wohl kein Schäfer! Ich bin lediglich ein Hüter, der Hüter der Felder. Ich gebe Acht, dass nichts passiert. Ich bin sozusagen ein Wächter.«

»Und wenn etwas passiert, was machen Sie dann?«

»Nichts, da kann man nichts machen, es muss dann so sein!«

Verblüfft starrte der Jüngere den Älteren an.

»Und wie lange sitzen Sie hier schon?«

»Schon sehr lange, so lange, dass ich nunmehr nur noch wenige Fragen ohne Antwort habe. Vielleicht noch ein oder zwei Jahre, dann habe ich keine Fragen mehr und kann gehen.«

Der Mann war ratlos und verwirrt: »Es muss doch sehr langweilig sein, die ganze Zeit hier zu sitzen!«

Der Alte fuhr herum, und ernst antwortete er:

»Du hast tatsächlich noch viele Fragen, nein, es ist nicht langweilig. In jeder Sekunde passiert etwas anderes. Man kann beobachten, wie das Gras wächst, und später, wie es gemäht wird, wie getrocknet, gewendet, gebündelt und eingefahren wird. Wie der Boden gepflügt, geeggt wird. Dann wird eingesät. Ich beobachte, wie das Korn reift, gebe Acht, wenn ein Sturm kommt, wenn Hagel die Ernte zerstört. Ich sehe Bussarde, wie sie jagen, Mäuse, wie sie um ihr Leben rennen. Von da hinten, aus der Schonung, kommen oft Rehe. Ich sehe, wie die kleinen Kitze heranwachsen, oder die Hasen, die sich jagen. Nein, das alles ist nicht langweilig. Und wenn der Schnee kommt, beobachte ich, wie überall Ruhe einkehrt – Winterschlaf. Dann sieht man, wie die Tiere auf der Suche nach Futter sind. Sie kämpfen in der kalten Jahreszeit ums Überleben. Ich bin hier nur der Hüter.« Der alte Mann hatte sich kurz geräuspert und seinen Blick wieder dem Feld zugewandt. Still hatte der Mann zugehört. Ungläubig hatte er gefragt:

»Und wenn ein Hagelsturm kommt und die gesamte Ernte vernichtet? Was tun Sie dann?«

»Nichts, dann muss das so sein!«

»Und wenn die Rehe im Winter hier auf dem Feld vor Ihren Augen verenden, machen Sie dann gar nichts?«

»Nein, da kann man nichts machen, das muss dann wohl so sein!«

Ärgerlich und wütend hatte sich der Mann damals, vor zwei Jahren, abwenden wollen, vorher hatte er aber den alten Mann noch gefragt:

»Gibt es irgendetwas, was ich für Sie tun kann?«

»Ja, das kannst du«, erwiderte dieser, »du kannst jetzt gehen!«

Kopfschüttelnd hatte der Mann sich umgedreht und war in Richtung seines Fahrrads gegangen. Als er es bestieg, rief ihm der alte Mann zu:

»Auf Wiedersehen!«

Ein kalter Schauer war ihm damals den Rücken hinuntergelaufen, wie auch noch heute, immer, wenn er an diesen Tag dachte. Und nachts, in seinen Alpträumen, sah er das freundliche Gesicht des Alten vor sich, der ihm zurief: »Auf Wiedersehen!«

Heute war er wieder in jener Gegend unterwegs. Erneut war er in die Felder gefahren. Es lag nun zwei Jahre zurück. Der milchige Frühnebel umhüllte wieder Büsche und Sträucher. Sonnenstrahlen zerschnitten die morgendlichen Nebelschwaden über der Wiesenlandschaft. An der Stelle, wo er vor zwei Jahren die große Eiche fotografiert hatte, blieb er stehen und versuchte zur anderen Seite des Feldes zu schauen. Undeutlich, durch den aufsteigenden Nebel, schien es ihm, als könne er dort eine Gestalt erblicken. Der Schreck durchfuhr all seine Glieder. Langsam, mit weichen Beinen, bestieg er sein Fahrrad, ohne es zu wollen, und fuhr um das Feld herum. Dort saß tatsächlich der buckelige, alte Mann.

Am ganzen Leib zitternd, legte der Mann sein Rad ins Gras und ging auf den Alten zu. Freudig stand dieser auf und reichte dem verblüfften Mann die Hand:

»Guten Morgen!«, lachte er freundlich, »heute ist ein guter Tag, ich wusste, dass wir uns wiedersehen würden. Du hast also immer noch so viele Fragen?«

Er ging zur Seite und bot dem am ganzen Körper schlotternden Mann seinen Platz auf dem Baumstamm an.

»Komm, setz dich, hier wirst du alle Antworten auf deine Fragen finden. Nimm meinen Platz ein. Du musst nur gut Acht geben!«

»Und Sie, was machen Sie jetzt?«

»Ich habe nun keine Fragen mehr, ich kann gehen!«

»Was soll ich denn tun, wenn etwas passiert?«, fragte der Mann.

»Nichts, du kannst nichts machen, es muss halt so sein!«, antwortete der alte Mann, drehte sich um und ging fort.

Das Nachbarhaus

Immer wieder ein verstohlener Blick nach drüben, in den Garten der Nachbarn. Heimlich und versteckt wagte es die alte Martha von Zeit zu Zeit, den Kopf halb schief gelegt, durch die Büsche hindurch auf das Grundstück nebenan zu blinzeln. Jahrelang, ja schon jahrzehntelang, hatte die mittlerweile gekrümmt an einem Stock gehende Frau versucht, etwas auf dem Gelände neben ihrem Haus auszuspionieren. Über die Hecke hinweg, mit einer Leiter, oder durch die Äste und Pflanzen hindurch, die an der Grenze zwischen den beiden Grundstücken standen, hatte Martha, ohne lockerzulassen, immer wieder sich lautlos anschleichend, versucht, das Geheimnis des Nachbarhauses zu lüften. Sie liebte dieses Haus und sie hasste es. Und für beides hatte sie keine Erklärung. Das Haus des Nachbarn war riesig. Drei Stockwerke, und auf jeder Etage hatte die alte Frau je acht Fenster gezählt. Wunderschöne hölzerne Fensterläden zierten die Fenster, wurden jedoch zu Marthas Verwunderung nie geschlossen.

Sie begannen langsam zu verwittern, die Farbe blätterte hier und da ab, und einige Scharniere hatten sich gelockert, so dass die Läden schief neben den Fenstern hingen. Im gotischen Stil erbaut, mit viel Stuck und künstlerischen

Verzierungen, sah es vornehm und gediegen aus. Sicherlich sehr reiche Leute, die in solch einem Haus wohnten, dachte Martha oft. Aber gesehen hatte sie nie jemanden von ihnen. Nicht ein einziges Mal war es ihr geglückt, einen Bewohner des luxuriösen Hauses zu erspähen. Ehemals leuchtend gelb angestrichen, jetzt ein wenig blass, strahlte das ehrwürdige Haus etwas Majestätisches aus. Martha malte sich, wenn sie sich abends in ihre bescheidene Behausung zurückgezogen hatte, aus, wie es wohl im Inneren des Palastes aussehen würde.

Sie stellte sich weiträumige Säle mit blanken, glänzenden Fußböden vor, auf denen sich die funkelnden Kristalllüster, die von der Decke herabhingen, widerspiegelten.

An den Wänden flackerte das Licht von unzähligen silbernen Kerzenleuchtern, die sanft wunderschöne Fresken beschienen.

Von den Ballsälen, stellte sich Martha immer wieder vor, würde eine breite, weiße, geschwungene Marmortreppe in die oberen Gemächer führen.

Sie selbst wohnte bei Weitem nicht so luxuriös. Ihr kleines Haus hätte auch in einer Schrebergartensiedlung stehen können. Aber sie hatte einen wunderschönen Garten. Es reichte ihr. Sie wollte zufrieden sein. Was hätte sie mit einem solch großen, pompösen Haus wie dem des Nachbarn anfangen sollen, sagte sie sich fast jeden Abend. Sie hatte sich zumindest alles, was sie hatte, selbst und ehrlich verdient. Niemand hatte ihr etwas geschenkt, und sie hatte niemanden betrügen müssen, um reich zu werden. Wer weiß, dachte sich die alte Frau, ob da drüben alles mit rechten Dingen zuging? Vielleicht würden dort wilde Orgien gefeiert, mit wer weiß was für kriminellem Gesindel. Sie schloss die Augen und sah bildlich vor sich, wie man sich in dem geheimnisvollen Haus nach einer rauschenden Ballnacht mit viel Tanz und Champagner in die zweite Etage begab.

Dort waren die Badezimmer. Jedes aus massivem Marmor, das eine in dezentem Rosa, das andere in feinem Hellblau. Die Badewannen waren so groß wie Swimmingpools und ebenerdig eingelassen. Aus goldenen Wasserhähnen floss warmes wohlriechendes Wasser, und überall im ganzen Haus verbreitete sich der betörende Duft von Jasmin und Rosenblättern.

Martha war nicht verheiratet, zeit ihres Lebens war sie allein geblieben. Mit anderen Menschen kam sie nicht recht klar – sie zog es vor, allein zu bleiben. Das war nicht immer so gewesen. Früher hätte sie sich schon vorstellen können, mit einem anderen Menschen zusammenzuleben, aber dann war alles anders gekommen. Sie war alt geworden und versuchte, zufrieden zu sein.

Die Frau verschränkte die Arme hinter dem Kopf, legte sich zurück und dachte sich aus, was in der dritten Etage des mysteriösen Hauses vor sich gehen würde. In den geräumigen Schlafgemächern der hohen Herrschaften standen wahrscheinlich große weiche Himmelbetten mit prunkvollen Baldachinen und zahllosen Kissen.

Vor den bis zur Decke reichenden Fenstern hingen schwere samtene Vorhänge, die – mit goldfarbenen Kordeln verziert – kein Licht durchließen. Aber Martha grübelte: Nie hatte sie jemals irgendeine Veränderung an oder in dem Haus bemerkt. Von den schillernden Festen hatte sie nichts mitbekommen, keine Musik, kein Laut war zu ihr herübergekommen. An den Fenstern hatte sich nie etwas bewegt, weder Fensterläden noch schwere Gardinen. Umso mehr reizte es sie, das Geheimnis des Nachbarhauses zu lüften. Und sie wollte wissen, warum jene ein so großes Haus besaßen, schrille Partys feiern konnten, und sie nur in einem kleinen Zweizimmerhäuschen hausen musste. Nur ein einziges Mal, in all diesen Jahren, hatte sie es geschafft, genau im richtigen Moment durch die Sträucher und Büsche hindurch zu lugen, um gerade noch zu sehen, wie eine große schwarze Limousine vor dem gespenstischen Haus hielt. Ein Mann war aus dem Wagen ausgestiegen, um das Auto herum auf die Eingangstür zugegangen. Er hatte längere Zeit das gesamte Haus eingehend betrachtet.

Dann hatte er sich an der Tür zu schaffen gemacht und war kurze Zeit später schon wieder davongebraust.

Das nächste Mal, nahm sich Martha vor, wenn sich dort jemand sehen ließe, würde sie hinübergehen und irgendetwas fragen, einfach irgendetwas – vielleicht, ob sie eine Hacke ausleihen könnten –, oder etwas Ähnliches.

Oder ich frage die Nachbarn, überlegte Martha, ob sie sich nach fast zwanzig Jahren nicht langsam mal vorstellen wollten. Die alte Frau war aufgesprungen und ans Fenster gelaufen. Sie schaute hinaus ins Dunkle. Sie hatte nie ausmachen können, ob die Leute in dem großen gelben Haus nachts überhaupt das Licht anschalteten oder nicht. Sie war sich nicht sicher, aber sie hatte noch nie wirklich gesehen, dass aus einem der vielen Zimmer Licht geschienen hätte. Sicherlich haben die vornehmen Herrschaften ständig die schweren Gardinen zugezogen, dachte sich Martha – wenn sie etwas zu verbergen haben ... Ich brauche keine Rollläden und keine Gardinen, lachte sie, mir kann niemand etwas weggucken, und außerdem bin ich froh, dass ich noch in den Garten schauen kann. Sollen sich die feinen Leute doch im Dunkeln in ihren Gemächern rekeln und ihre langweiligen Bilder an der Wand bewundern.

Martha war eingeschlafen. Es war ein unruhiger Schlaf und ein verwirrender Traum. Sie träumte von einem wunderschönen jungen Mann, der durch den riesigen glitzernden Ballsaal auf sie zuschwebte und sie zärtlich und sanft in die Arme nahm. Ein anderer Jüngling, reich geschmückt mit Gold und Juwelen, reichte ihr ein Glas Champagner. Dazu spielte die herrlichste Musik. Martha hatte sich in ihrem ganzen Leben noch nicht so wohl gefühlt. Mit einem Lächeln auf den Lippen wurde die alte Frau am Morgen wach. Seit Langem hatte sie nicht mehr so intensiv geträumt. Jetzt konnte sie sich vorstellen, wie die reichen Herrschaften in dem Palast dort drüben lebten. Für alles hatten sie sicherlich Diener oder Butler, brauchten nicht zu arbeiten. Martha senkte ihr weißhaariges Haupt und sah bedrückt zu Boden. Was habe ich falsch gemacht, fragte sie sich. Warum habe ich mein Leben lang hart arbeiten müssen, nur um das zu haben, was ich jetzt besitze?

Ich habe einen schönen, gut gepflegten Garten, das stimmt, sagte sie sich, aber der Garten da drüben ist zehnmal so groß. Mein Haus ist sauber und für mich groß genug, aber im Nachbarhaus sind mindestens zwanzig Räume. Die alte Frau ging wieder ans Fenster und blickte traurig hinüber in Richtung des großen gelben Hauses. Durch die Blumen und Bäume konnte sie nichts Genaues erkennen. Da drüben ist also das Leben – das schöne Leben, sagte sie laut vor sich hin. Dort liegen all meine Träume und Wünsche – alles, was ich mir immer erwünscht und erhofft, aber nie bekommen habe …

Während sie so dastand und mit dem Schicksal haderte, vernahm sie ein Geräusch, ein Motorenbrummen, welches aus der Richtung des Nachbargrundstückes kam. Ein Auto war auf den mit Kies belegten Hof und vor das große Haus gefahren.

Martha durchzuckte es wie ein Stromschlag. Schon seit langer Zeit war niemand mehr in diese Gegend gekommen. Schnell und ohne zu zögern lief die Frau an die Grundstücksgrenze, schob die Zweige und Äste vorsichtig beiseite und spähte hinüber. Vor dem Palast stand wieder eine große schwarze Limousine. Ein gut gekleideter Herr war aus dem Wagen ausgestiegen und hinter dem Eingangsportal verschwunden. Die Tür war wieder verschlossen, nichts tat sich mehr. Alles war wie früher. Aber da stand dieses Auto. Jemand war jetzt in dem Haus.

Jetzt oder nie, durchfuhr es Martha. Wenn ich jetzt nicht hinübergehe, wer weiß, wann die nächste Gelegenheit kommt? Ich werde einfach fragen, ob man mir einen Spaten leihen könne, weil meiner zerbrochen sei. Dann kann ich endlich einmal hineinschauen, wie es in dem Haus wirklich aussieht – den Reichtum und den Luxus sehen, von dem ich immer nur geträumt habe. Als Martha sich durch das Gebüsch zwängte, nur mit Mühe und Not durch die engen Zweige kroch, merkte sie, wie alt sie doch in den letzten Jahren geworden war. Und während all dieser Zeit hatte sie immer dieses Haus vor Augen gehabt. Dieses wunderschöne gelbe Haus, mit Stuck verziert und mit den jetzt windschiefen Fensterläden. Das Haus, von dem sie nicht wusste, ob sie es hassen oder lieben sollte.

Jetzt oder nie, machte sie sich selber Mut, und wenn es das Letzte ist, was ich auf dieser Welt tue. Ich gehe jetzt hinüber und schaue mir das Haus von innen an. Schritt für Schritt stapfte die Alte auf das Haus zu. Ihr Herz raste und ihre Schläfen hämmerten, als wollten sie zerspringen. Endlich stand sie vor der großen Eingangstür. Von Nahem gesehen, sah alles doch ziemlich erbärmlich aus. Das Haus war viel verfallener, als sie es je erahnen konnte. Das Holz war mehr als morsch – die Fenster hatten nur noch zerborstene Scheiben oder gar kein Glas mehr in den maroden Rahmen. Von schweren purpurfarbenen Vorhängen gab es keinerlei Spur.

Martha nahm all ihren Mut zusammen und gab sich, verunsichert, einen Ruck. Sie klopfte an die Tür.

Es dauerte nicht lange, bis der Herr, der mit der Limousine gekommen war, öffnete und freundlich fragte, womit er dienen könne. Das ist also der Diener, fuhr es der Alten durch den Kopf, aber weiter kam sie nicht. Als hätte ihr jemand von hinten die Beine weggezogen oder als wäre direkt unter ihr der Boden zerschmolzen. Sie hatte Mühe, sich auf den Beinen zu halten. Sie taumelte und drohte zu Boden zu stürzen. Mit letzter Kraft hielt sie sich an dem Türrahmen fest. Sie konnte an dem gut gekleideten Herrn vorbeisehen. Martha blickte völlig verstört nach links, dann nach rechts. Dann beugte sie sich vor, durch den Türrahmen hindurch. Sie schaute mit ungläubigen, weit aufgerissenen Augen an dem verdutzten Herrn vorbei – durch die Tür. Was sie da sah, verschlug ihr den Atem. Hinter dem netten Herrn, der immer noch die Tür aufhielt, konnte die alte Frau in den Garten sehen. In denselben verwahrlosten ungepflegten Garten wie vor und neben dem Haus. Da war nichts! Kein Zimmer, kein Ballsaal und keine geschwungene Marmortreppe, nur eine Holzwand mit einer Türöffnung! Alles bestand nur aus einer dünnen Holzwand, ehemals gelb angestrichen. Dahinter freies Feld, kein Dach, nichts! Martha hielt sich noch am Türrahmen fest. Wenige Zentimeter unterhalb ihrer Hand bemerkte sie ein kleines oxidiertes Messingschild. Während der Herr in dem gut sitzenden Anzug sie besorgt an der Schulter festhielt und versuchte, ihr unter die Arme zu greifen, las Martha das Schild: »Constantin Filmstudios«.

Hannes, der Leuchtturmwärter

In einem kleinen Dorf an der Nordseeküste, schon ganz in der Nähe zu Dänemark, früher noch ein Fischerdorf, konnten sich die Menschen noch lange Zeit an einen kleinen Jungen namens Hannes erinnern. Er war mit seinen Eltern dort hingekommen, um Urlaub zu machen, als er gerade mal groß genug war, um an den Lichtschalter zu gelangen und allein das Licht an- und auszuschalten – was er dann auch stundenlang tat.

Hoch oben im Norden, wo immer eine steife Brise weht, wo das Meer nicht durchsichtig und lieblich dahinplätschert, sondern grau und zornig auf das Land zuzischt, hatten sie sich auf einem Bauernhof ein Zimmer gemietet.

Hannes war hellauf begeistert – da waren Schweine, die sich den ganzen Tag dreckig machen durften, ohne dass die Mama schimpfte. Meckern taten hingegen die Schafe, die nicht wollten, dass Hannes auf ihnen ritt. Und dann waren da noch die Ponys – eines süßer als das andere. Und Hannes rechnete sich aus, wie viele Ponys wohl in Papas Auto passen würden. Wenn er sie gut versteckte, könnte er ja mindestens acht von ihnen mit nach Hause nehmen …

Aber der Urlaub an der Nordsee sollte noch spannender werden. Eines Morgens fuhren seine Eltern mit ihm an den Hafen und kletterten auf einen richtigen alten Fischkutter.

»Na, mein Jung«, begrüßte ihn der Kapitän und streckte ihm eine viel zu große Hand hin. »Dann wollen wir mal loslegen.

Leinen los!«, brüllte er, und an Land warf ihm jemand die Taue zu. »Wenn das mal kein Pirat ist«, dachte Hannes, »in seinem früheren Leben war der bestimmt mal ein blutrünstiger und böser Pirat.«

Aber auch gefährliche Bösewichter und Piraten haben von Zeit zu Zeit gute Laune, und so zeigte der alte Haudegen seinem kleinen Passagier eine Menge toller Dinge. Einmal ließ er die Maschinen stoppen, ging auf den kleinen Hannes zu und reichte ihm ein Fernglas. »Da, schau mal«, sagte er freundlich, »guck mal da durch – da drüben auf der kleinen Insel im Meer, siehst du die?«

»Ja, ich hab sie«, rief Hannes freudig, »ich sehe die Insel – aber was ist das?« Er sah durch das Fernglas, dass sich dort auf der Sandbank etwas bewegte, Genaueres konnte er noch nicht erkennen.

Der alte Seebär musste lachen: »Das sind Seehunde, mein Jung, eine ganze Herde.«

Der kleine Hannes hielt noch immer das Fernglas in den Händen und schaute dabei immer weiter nach rechts, die ganze kleine Insel entlang. Plötzlich hielt er inne. Krampfhaft versuchte er das Fernglas auf dem schaukelnden Schiff ruhig zu halten. Er drehte vorsichtig an dem kleinen Rädchen, um das Bild schärfer zu bekommen. Mit gespreizten Beinen, wie ein richtiger Seemann auf hoher See, stand Hannes auf dem Schiff, und was er durch das Fernglas sah, faszinierte ihn derart, dass es den Rest seines Lebens beeinflussen sollte.

Am Ende der Insel, schon fast im Meer, stand auf einem Felsen ein gestreifter Turm. Mit wunderschönen roten und weißen Streifen.

Stark und mächtig trotzte er den heranbrausenden Wellen. Gischt schäumte wild auf, aber ihm, dem Turm, konnten die Wellen nichts anhaben. Das Wasser klatschte nur so an seinen festen Rumpf und fiel dann wieder in tausend kleinen Spritzern enttäuscht zurück ins Meer. Entmutigt zogen sich die Wellen für einen kurzen Moment zurück – als besprächen sie sich für den nächsten Angriff –, um dann, mit geballter Kraft, wieder auf den Turm loszujagen. Der aber ließ sich nicht das Geringste anmerken. Er wackelte nicht mal – keinen einzigen Millimeter wich er zurück. Unbeirrt und stolz trotzte er den Angreifern.

»Oooh«, seufzte der kleine Hannes vor Bewunderung, »ist der schön!« Und als hätte er plötzlich gar keine Angst mehr vor gefährlichen Piraten, schrie er gegen den Wind auf den ahnungslosen Kapitän ein: »Da will ich hin! Bitte, bringst du mich zu dem Turm? Bitte, bitte!«

Aber alles Flehen und Betteln half nichts. Der Kapitän war wieder in die Rolle des bösen Piraten geschlüpft und verwehrte der Mannschaft gehässig jeglichen Landgang.

»Nö, mein Jung«, grummelte der Kapitän, »das geht man nun eben mal nicht so. Dafür ist die See doch zu rau, da kann man jetzt nicht anlegen. Sind viel zu viele Klippen und Felsen vor. Musste mal mit deinem Vater reden, wie er dich da hinkriegt.«

Der Vater hatte es nicht hingekriegt!

Es war ohne Sondererlaubnis überhaupt nicht dort hinzukommen, was Hannes dann auf die glorreiche Idee brachte: »Dann werde ich eben selbst ein Leuchtturmwärter. Dann kann mir keiner mehr was verbieten! Ich werde schon auf einen Leuchtturm kommen – sollt ihr mal alle sehen …!«

Wer den Hannes nicht gekannt hat, weiß nicht, was es heißt, einen Dickkopf zu haben oder mit dem Kopf durch die Wand zu wollen – bei Hannes traf beides zu. Er fragte, nervte und bohrte mit seinen Fragen so lange alle Leute, bis man ihm zögernd Auskunft gab. Leider wussten auch die anderen nicht gerade viel über Leuchttürme und den Beruf eines Leuchtturmwärters. Er aber hatte nun einmal beschlossen, Leuchtturmwärter zu werden. Er wollte sich, wie der Turm, nicht beirren lassen. Stark und fest würde er der Brandung trotzen.

Keiner sollte ihm etwas anhaben können!

Am letzten Tag des Urlaubs war der Vater noch kurz in ein Souvenirgeschäft gegangen und mit einem in Geschenkpapier eingewickelten länglichen Kästchen wieder herausgekommen.

»Das ist für dich, Hannes«, sagte der Vater, »du darfst es aber erst zu Hause aufmachen.«

Eine Autofahrt ist eh schon lang und langweilig, noch schlimmer wird die Fahrt, wenn man auf das Auspacken eines Geschenkes warten muss. Endlich zu Hause angekommen, riss Hannes hastig das Papier und den Pappkarton auf und jauchzte vor Freude: »Ein Leuchtturm! Genauso wie meiner am Meer!« Er war aus Porzellan und hatte hinten eine kleine Öffnung, in die hinein man ein Teelicht stellen konnte. Von nun an leuchtete jeden Abend im Kinderzimmer ein kleiner Leuchtturm. Und nicht nur im Kinderzimmer – auch als Hannes kein kleiner Hannes

mehr war, sondern ein Hannes eben, hütete er den Leuchtturm wie seinen Augapfel. Er nahm ihn überall mit hin und
jeden Abend bekam der Turm sein Teelicht.

Es vergingen viele Jahre. Und ungefähr 5110 (365-mal 14)
Teelichter später besuchte Hannes tatsächlich eine Schule,
auf der man zum Leuchtturmwärter ausgebildet werden
konnte. Es war nicht so einfach, wie man sich das viel-
leicht vorstellen mag. Es geht nicht nur darum, ein Licht
im Turm abends an- und morgens wieder auszumachen.
Hannes hatte sich beim Bundesamt für Seeschifffahrt und
Hydrographie angemeldet und lernte viele interessante
Dinge. Er musste ein Flaggenzertifikat erlangen, musste
in dem Fach Wetterkunde Prüfungen ablegen. Es ging um
Seekarten und Wellenlängen. Ein Funkzertifikat musste
erlangt werden. Über wichtige Meeresdaten musste Hannes
Bescheid wissen und über noch vieles mehr. Es ging um
Erdmagnetismus und Gezeiten, Klima, Umwelt und vor
allem um Notfälle auf See. Hannes hatte längst begriffen,
dass ein Leuchtturm nicht nur etwas ist, was man im Kinderzimmer aufstellt und damit die Angst vor der dunk-
len Nacht vertreibt. Ein Leuchtturm ist für die Schifffahrt
unentbehrlich – das Überleben von vielen, vielen Menschen hängt davon ab. Er ist eine wichtige Orientierung
für die Schiffe draußen auf hoher See. Hannes wurde sich
der Wichtigkeit seines Berufes immer mehr bewusst, und
umso fleißiger lernte er. Manchmal büffelte er bis spät in
die Nacht und hatte am Morgen so kleine Augen, dass er
oft scherzte, jetzt selbst einen Leuchtturm zu benötigen, um
nach Hause zu kommen.

Aber am Ende wurden alle seine Mühen belohnt. Mit
fleißigem Lernen und unsäglichen Entbehrungen hatte es

Hannes eines Tages geschafft. Vor dem Ausschuss internationaler Leuchtturmwärter bekam er vom Bundesamt für Seeschifffahrt und Hydrographie sein Zertifikat.

Es dauerte nur ein paar Wochen, bis man ihm schriftlich sein neues Einsatzgebiet mitteilte. Hannes wollte es zuerst nicht glauben, aber man schickte ihn tatsächlich auf genau den Leuchtturm, den er zum ersten Mal mit seinen Eltern in den Ferien gesehen hatte.

Er wurde mit einem kleinen Boot zu dem Felsvorsprung gebracht. Dort stieg Hannes überglücklich mit seinem Seesack aus. Darin waren zuerst nur die wichtigsten Dinge für das alltägliche Leben, später sollte mehr gebracht werden. Am Turm wurde er freundlich von dem alten Leuchtturmwärter empfangen: »Das ist ja denn mal schön«, rief er, »dass du mich ablösen kommst.« Dann umarmte er den Hannes so fest, dass dem fast die Luft wegblieb, klopfte ihm auf die Schulter und stieg in das wartende Boot. Hannes wurde ein wenig mulmig zumute, als er sah, wie das Boot ablegte und er nun allein hier zurückbleiben sollte. Aber dann dachte er schnell daran – wie in den letzten Jahren immer wieder –, dass er doch so sein wollte wie der Leuchtturm: unerschrocken, tapfer und stark – wie ein Fels in der Brandung.

Er drehte sich langsam um und musterte den Leuchtturm von oben bis unten. Diese roten und weißen Streifen, die es ihm in seiner Kindheit so angetan hatten, machten auf ihn immer noch einen merkwürdigen Eindruck. Ein Gefühl – ein Gemisch aus Alarm und gleichzeitig aber auch Sicherheit.

Stufe für Stufe erklomm er den Turm – seinen Turm. Jetzt durfte er ihn endlich betreten. Das, was man ihm vor geraumer Zeit, vor vielen Jahren, verwehrt hatte. Die Eisentreppe war schon unzählige Male mit dicker Farbe überstrichen worden, so dass alle Kanten abgerundet waren und man aufpassen musste, nicht auszurutschen.

Seine Wohnung war klein und nicht gerade luxuriös eingerichtet, aber Hannes war zufrieden. Hatte er doch alles, was er wollte.

Ganz oben im Turm, über seiner Wohnung, war noch ein Aufgang. Der führte zu einer Plattform mit einer runden Glaskuppel. Dort stand das Herz des Turms, das große Licht! Es war so hell, dass man sich vorsehen musste, nicht hineinzusehen, denn sonst wäre man auf der Stelle erblindet. Dieses Licht sorgte dafür, dass schon ganz weit draußen die Seeleute wussten, wo sie hinfahren mussten. Das Licht hatte eindeutige Merkmale. Es war nicht einfach nur an und schien vor sich hin. Wichtig war, in welchem Takt, in welchen Abständen es draußen auf dem Meer zu sehen war. Von Weitem konnte man so erkennen, um welches Feuer es sich handelte – und wo es sich genau befand. Dafür wiederum gab es Seekarten.

Hannes war stolz auf seine Arbeit. Es gab den ganzen Tag viel zu tun. Und mehr noch nachts, denn dann fing die Arbeit eigentlich erst richtig an.

Oft stand Hannes stundenlang oben in der Glaskuppel und sah dem Lichtstrahl nach. Erst noch schön ordentlich gebündelt und hell, wurde der Schein allmählich milder und blasser, bis er sich, immer breiter und schwächer werdend, im Dunkel der Nacht verlor. Als würde er vom Meer still und heimlich aufgesogen und verschluckt.

»Wohin das Licht wohl geht?«, fragte er sich oft, und in den letzten Jahren immer häufiger. »Wo hört es auf – wo ist es dann zu Ende ...?« Länger und länger blieb er des Nachts oben auf der Plattform stehen und schaute dem Licht nach. Die brennenden Fragen quälten ihn in zunehmendem Maße: »Wie weit kann man etwas von dem Licht sehen?«, grübelte er. »Was wird aus ihm, wo geht es hin? Und was ist dort? Dort, wo das Licht nicht mehr hinkommt«, dachte er sich, »muss es doch schrecklich dunkel und verlassen sein – man weiß doch dann nicht mehr, wie der richtige Kurs anliegt ...«

In der kommenden Zeit wurden die Fragen immer bohrender und zermürbender. Sie ließen dem Hannes keine Sekunde Ruhe mehr. Manchmal fragte sich der Leuchtturmwärter nicht nur, wo das Licht zu Ende wäre, sondern auch wann und wie ... Dann stand er wieder nächtelang draußen und verfolgte das Licht. Immer und immer wieder begann er zu suchen, vom großen Strahler angefangen, dann Millimeter für Millimeter, dem Schein des Lichtes nachfolgend, bis hinaus aufs Meer, wo es sich letztendlich irgendwie verlor ...

Viele Jahre später, in einer ruhigen Novembernacht – das Meer war friedlich und ruhig –, platzte dem in die Jahre gekommenen Hannes der Kragen. Wieder hatte er stundenlang, wie schon in den letzten Jahren täglich, dem Lichtstrahl hinterhergesehen. Ohne Resultat! Er hatte nicht wenig Rum getrunken, als sich der alte Mann entsann, dass es auf der Felseninsel noch ein Beiboot gab. Es lag bäuchlings an einer schweren Eisenkette, unten, neben dem Eingang des Turms.

»Jetzt komm ich!«, rief der Alte in die Nacht, »wollen wir doch mal sehen, wo du hingehst, du Licht! – Wirst es wagen, dich vor mir zu verkriechen? – Jetzt komm ich mit!«

Seine Beine trugen ihn kaum, als er das kleine Holzboot

losband und zu Wasser ließ. Dann stieg er ein und ruderte los.

Immer dem Lichtschein seines Leuchtfeuers hinterher. Er ruderte und ruderte, dass er vor Erschöpfung nur so keuchte.

»Ich bin ein Leuchtturm!«, schrie er die Wellen an. »Ihr könnt mir nichts anhaben!«, und ruderte im Schein des Leuchtturms weiter und weiter. Von Zeit zu Zeit drehte er sich um, sah das Licht, das er jahrelang gehegt und gepflegt hatte, legte sich weiter beruhigt in die Riemen und rief in den Wind: »Bis hierher also kann man dich sehen, so weit weg von mir bist du also immer geflogen!« Er fing laut an zu lachen: »Vor mir geflohen vielleicht? Werd dich gleich einholen, du … Ich überhole dich gleich!« Er blickte, während er wie ein Besessener weiterruderte, über die Schulter nach hinten: »Bist ja immer noch da!«; rief er, »jetzt rennst du mir wohl nach, wie? So wie ich es Jahrzehnte lang mit dir gemacht habe …?«

Es war in dieser Nacht stockfinster auf dem Meer. Kein Mond beleuchtete die weißen Schaumkronen, die sich um das einsame kleine Boot mit dem alten Mann versammelt hatten.

Der ruderte verbissen weiter, drehte sich von Zeit zu Zeit um und schrie dann etwas in die finstere Nacht, das sich anhörte wie: »Hört das denn hier nie auf? Du bist ja immer noch da! – Wo hörst du denn endlich auf …?«

Die Kräfte des alten Leuchtturmwärters ließen langsam nach, er fühlte sich schwächer und schwächer. Aber er ruderte mit dem Lichtschein um die Wette und gab nicht auf. Er wollte wissen, wo der Schein seines Leuchtfeuers verschwand.

Irgendwann dann drehte er sich wieder einmal um und erschrak zu Tode: Es war tiefschwarze Nacht um ihn herum. Kein Lichtschein zu sehen. Er konnte die eigene Hand vor den Augen nicht erkennen – er spürte sie nicht mehr! Auch nicht die Ruder, die er doch gerade noch in den Fäusten gehalten hatte. Er drehte sich verzweifelt nach allen Seiten um. Nichts mehr zu sehen! Noch nicht einmal das Wasser glänzte. Man konnte es auch nicht mehr plätschern hören … Es war totenstill um ihn herum.

»Hier«, fragte sich der alte Mann, »ist es also? Hier, wo mein Licht verschwindet? Warum habe ich es denn überhaupt so genau wissen wollen?« Völlig leer ließ der alte Hannes die Arme sinken. Er spürte, wie das Boot auf den Wellen lautlos forttrieb. Er war zu müde, noch weiter gegen irgendetwas anzurudern. Er ließ sich treiben – wohin auch immer.

Er hatte die Augen fest verschlossen. Aber plötzlich spürte er durch die geschlossenen Lider, als hätte ihn irgendetwas gestreift – etwas wie ein sanfter Lichtstrahl. Vorsichtig öffnete Hannes die Augen. Weit in der Ferne, ganz weit hinten am Horizont, konnte er ein kleines, weißes, sehr helles Licht ausmachen. Er rieb sich ungläubig die Augen, hatte aber keine Kraft mehr, die Ruder in die Hand zu nehmen und auf das Licht zuzurudern. Er ließ sich und das Boot treiben. Sie steuerten direkt auf das Licht zu. »Wenn ich jetzt nicht hier wäre«, dachte Hannes, »würde ich sagen, das da ist ein Leuchtfeuer, Kennung: 2 Sec. Weiß-Rot …«

Als das Boot nahe genug ans Ufer getrieben worden war, hörte Hannes, der Leuchtturmwärter, wie jemand rief: »Hallo, Sie da! Hierher! Hallo, hören Sie mich?«

»Wo bin ich denn hier gelandet?«, wunderte sich Hannes, »die können mich hier wohl kaum erwarten, wie?«

Am Ufer stand ein netter, ebenfalls älterer Herr. Er half, das Boot von Hannes an Land zu ziehen.

»Noch mal Schwein gehabt!«, lachte der alte Hannes, »gut, dass ich dein Licht noch rechtzeitig gesehen hab – hätte sonst wohl nicht gewusst, wohin.« Dabei klopfte er sich seine nassen Kleider aus.

»Was machst du denn so spät noch draußen auf See?«, fragte der freundliche Herr.

»Na ja«, schnaubte Hannes verschmitzt, »ich komme von da drüben … Wollte mal sehen, wie weit mein Leucht-turmfeuer so geht … Bist wohl auch ein Leuchtturmwärter, was?«

»Ja«, nickte der alte Herr, »so kann man es auch bezeich-nen«, und lächelnd fügte er hinzu: »So etwas Ähnliches …«

Flüchtige Begegnung

Urplötzlich war er vor Jan aufgetaucht.

Einfach so, aus dem Nichts sozusagen, still, heimlich und völlig unerwartet. Er hatte sich, in respektvoller Distanz zwar, doch gänzlich unbekümmert, Jan einfach in den Weg gestellt, und dieser hätte schon durch ihn hindurchlaufen müssen, um weiterzukommen.

Jan hieß mit vollem Namen Jan Magnus Vollenberger. Seine Namensfindung war extrem schwierig gewesen, denn der Vater, ein glühender Verehrer von Hans Magnus Enzensberger, hatte den Jungen unbedingt »Hans Magnus« nennen wollen. Die Mutter, ursprünglich Holländerin, hatte sich mit Händen und Füßen und sehr lange dagegen gewehrt. So wurde der Sohn erst im Alter von fünf Jahren getauft und blieb Einzelkind. Nun war er 42 Jahre alt, verheiratet und hatte zwei Kinder, »Marijke« und »Hans« – den Großeltern zuliebe. Das kleine Häuschen, in dem sie wohnten, war fast abbezahlt und seine Arbeit als Journalist machte ihm Freude, vom üblichen Stress abgesehen.

Und jetzt stand ihm da ein kleines Männchen im Weg.

Jan blieb stehen und musterte sein Gegenüber. Viel konnte er von ihm gar nicht erkennen, denn das weite schwarze Regencape versteckte fast das ganze Kerlchen, und die riesige, viel zu große Kapuze war bis tief ins Gesicht gezogen.

»Was ist denn das für eine merkwürdige Gestalt?«, fuhr es Jan durch den Kopf. Schmächtig und leicht nach vorne gebeugt stand das Männchen vor ihm. Mit diesem viel zu großen Umhang, der ihm bis zu den Knöcheln reichte, und einer Kapuze, die als Vorzelt hätte fungieren können.

Jan schwante Entsetzliches. Er hatte eine leise Ahnung, die allmählich zur Gewissheit heranwuchs. Jan besann sich: »Das ist er also, ihn, meinen ärgsten Feind, hatte ich mir allerdings ganz anders vorgestellt. Viel größer und stärker! Mit bösem und brutalem Antlitz, furchteinflößend und grausam. Auf jeden Fall gemein und schrecklich.« Jan versuchte in der Kapuze ein Gesicht zu entdecken, er wollte in die Augen seines Feindes sehen, aber außer einem großen schwarzen Loch schien da nichts zu sein.

Obwohl er ihn noch nie zuvor gesehen hatte, wusste Jan nun mit Gewissheit, wen er vor sich hatte.

Um ihn herum waren in der Zwischenzeit die Konturen der Umgebung verwischt oder verschwammen langsam in einem undefinierbaren Dunkelgrau. Ein leichter Nebel umhüllte nun sanft alles.

Ohne den geringsten Schrecken und ohne einen Hauch Angst schaute Jan, fast belustigt, das kleine Männchen an.

»Merkwürdig«, wunderte er sich, »ist schon komisch, dass ich mein Leben lang Angst vor ihm hatte und jetzt, wo er so da vor mir steht, noch nicht mal unruhig werde, geschweige denn einen Wahnsinnsschrecken oder entsetzliche Angst bekomme.«

»Hallo, Jan«, kam es da aus dem lächerlichen Regencape, »du bist also der, der sein Leben lang versucht, mich weg- oder schönzureden. Der mich irgendwie zu erklären versucht und meint, mich erträglicher machen zu müssen. Nun begegnen wir uns!«

Die Stimme klang mechanisch, blechern, wie von einem Computer generiert. Synthetisch, oder wie aus Metall, gleichtonig, ohne Hebungen und Senkungen. Jan kam es vor wie ein raues, blechernes Gequietsche.

»Ich habe dich nicht schöngeredet«, erwiderte Jan, leicht amüsiert, bei dem Gedanken, dass er gerade mit einer Blechdose redete.

»Ich habe nur versucht, mit der ›unausweichlichen Vergänglichkeit des Seins‹ fertigzuwerden, und dich ›wegreden‹, das habe ich nie gemacht.«

»Das Gedicht hast du vor 20 Jahren geschrieben – und bist du fertig geworden?«

»Nein, ich habe immer noch Angst, allerdings im Moment ziemlich wenig, ehrlich gesagt.«

»Das liegt an der Distanz«, dröhnte es in der Kapuze.

»An welcher Distanz?«

»An der zwischen dir und mir!«

»Was soll das heißen?«

»Dass es nur noch einen kleinen Abstand gibt zwischen dir und mir und du jetzt keine Angst mehr zu haben brauchst«, fauchte die Blechbüchse, »nun kann dir nichts mehr passieren. Du hast es fast geschafft!«

Noch immer keine Panik, Jan blieb ganz ruhig. Im Gegenteil, ein wohliges, ruhiges Gefühl stieg wärmend in ihm auf. Er war ausgeglichen und völlig entspannt. Nur seine Beine waren bleischwer, als wären sie irgendwie eingeklemmt.

»Red' nicht, nichts habe ich fast geschafft«, konterte Jan, »ich will nach Hause und muss noch 30 Kilometer fahren, auf der A44, und das bei dem Scheißwetter.«

»Das wirst du nicht!«, zischte das Regencape, »du kommst mit zu mir, dann bist du zu Hause.«

Ein bisschen mulmig in der Magengegend wurde es Jan nun doch. Er wusste, was das Kapuzenmännchen vorhatte. Es stand nur weniger als zwei Meter vor ihm und versperrte ihm den Weg.

»Schlimm wäre es tatsächlich nur für die anderen«, ging es Jan durch den Kopf, »wenn ich heute Abend nicht nach Hause käme. Vor allem für Marijke. Sie hängt sehr an mir, ist das typische Papa-Kind. Aber mit der Zeit verblasst auch der schwerste Kummer. Für mich selbst wäre es ja einerlei, würde dann ja eh nichts mehr merken … und, so ganz ohne Schmerzen, das heißt, endlich diese wahnsinnigen Rückenschmerzen loswerden, keine Sorgen mehr haben, keine Verantwortung, keine Zukunftsängste …!«

Jan schreckte jäh aus seinen Gedanken hoch, als sich die Kapuze wieder zu Wort meldete:

»Hast du nicht selber in einem deiner Artikel geschrieben, dass man doch eigentlich gar nicht stirbt, sondern einfach nur weiterreist? Ein Reisen durch verschiedene Zeiten, durch verschiedene Universen. Ein Wandern durch die Dimensionen?«

»Hab' ich. Hat aber niemand verstanden.«

Jan war bei seiner Zeitung als Wissenschaftsjournalist eingeteilt und beschäftigte sich auch privat gerne mit den neuesten Erkenntnissen, vor allem aus dem Bereich der Physik. Die Idee, die Vorstellung, dass das Universum kein einziges Atom verliert, hatte ihn begeistert und etwas beruhigt.

»Siehst du«, unterbrach ihn die im schwarzen Umhang versteckte Blechdose, »immer hast du versucht, um mich herumzureden, meine Existenz zu verneinen. Dabei gäbe es kein ›Hoch‹ ohne ein ›Tief‹, kein Licht ohne die Dunkelheit, keinen Tag ohne die Nacht und kein Leben, so wie ihr es definiert, ohne mich. Leben bedeutet doch für euch nur das jetzige und hiesige ›Dasein‹ auf diesem kleinen blauen Planeten. Für alles davor und danach gebt ihr mir die Zuständigkeit. Ich bin das Nichts vor deiner Geburt und nach deinem jetzigen Dasein. Ich bin die Nacht, man hat mich auch ›Schlafes Bruder‹ genannt. Das ist richtig, ich bin der große Bruder des Schlafes. Ich bin halt für die Ewigkeit zuständig. Aber leider könnt ihr Menschen euch eine Ewigkeit gar nicht vorstellen, vielleicht gibt es sogar mehrere Ewigkeiten – parallel … Ihr lebt in eurer Dimension wie in einem Kleiderschrank: Höhe/Breite/Tiefe. Alles andere könnt ihr euch partout nicht vorstellen. Du allerdings warst schon auf dem richtigen Weg, als du sagtest, seitdem deine Tochter bei dir sei, hätte das Leben für dich vier Dimensionen, Höhe – Breite – Tiefe – und eine große, ganz ehrliche Liebe. Und es gibt noch mehr, glaube mir, es gibt noch unendlich viele Dimensionen.«

Jan stand die ganze Zeit regungslos da und hörte, was der kleine Kerl erzählte. Das waren alles seine eigenen Gedanken, und fast glaubte er zu wissen, wie er fortfahren würde. Warum machte er das? Eine Art Chronik seines Lebens, eine Zusammenfassung seiner Überlegungen? Jan räusperte sich:

»Warum erzählst du mir das alles? Das weiß ich doch, ist schließlich auf meinem Mist gewachsen!«

»Weil ich noch Zeit habe und so gerne mit dir plaudere. In Wahrheit stehen da noch die zwei Meter zwischen uns und ich komme nicht ganz an dich heran – noch nicht!«

»Jetzt wirst du mich gleich auch noch dafür loben, dass ich dich mit dem ›Higgs-Boson‹ verglichen habe. Keine Angst, ich habe es gar nicht richtig verstanden.«

»Genau, das wollte ich. Doch, das war schon annähernd richtig. Ihr lebt alle im ›Higgs-Feld‹, und erst durch die Wechselwirkung mit mir erhaltet ihr eure Masse. Und da hat mich einer, sage und schreibe, ›Gottesteilchen‹ genannt, ist das nicht lustig? Aber warum auch nicht? Ihr habt schon seltsame Vorstellungen von der Welt, und für die Phänomene, die ihr nicht erklären könnt, habt ihr euch Götter erfunden, denen ihr dann alles in die Schuhe schieben könnt. Wenn die dann nicht wollen, schicken sie euch zum Teufel.«

Jan war verblüfft. Er hatte ihn sich immer wahrhaftig völlig anders vorgestellt, die Blechdose konnte ja fast lustig sein. »So wie die Higgs-Teilchen den anderen Elementarteilchen, den Neutronen und den Elektronen erst durch gegenseitige Wechselwirkung ihre Masse geben, so gebe ich dem Leben durch die gegenseitige Wechselwirkung mit mir erst seinen Wert. Ich bin übrigens gänzlich neutral und drehe mich nicht sinnlos auf der Stelle. Ich bin das ›Drumherum‹, beziehungsweise der unsichtbare Zwischenraum, überall in eurem Dasein. Dadurch gebe ich eurem Leben erst einen Sinn.«

Jan unterbrach den Monolog des sprechenden Regencapes:

»Das Leben *hat* keinen Sinn, es *ist* der Sinn. Das Leben an sich ist der Sinn. Nur das nackte ›Dasein‹, wie du es nennst, ist schon Sinn genug – wie man dann damit umgeht und was man damit anstellt, mit dem eigenen Leben, bleibt jedem selbst überlassen. Das Leben eines Eremiten, der, solange er lebt, allein in einer Höhle wohnt und einfach nur nachdenkt, hat für mich genauso viel Sinn wie das von Menschen, die zeit ihres Lebens dem schnöden Mammon, Ruhm und Gloria, Macht und Reichtümern hinterherjagen.«

Fast schien es Jan, als hörte er in der metallenen, scheppernden Stimme, die aus dem schwarzen Loch in der viel zu großen Kapuze kam, ein leises Kichern oder Gelächter:

»Ihr seid lächerlich in eurer kurzlebigen Bedeutungslosigkeit. Wenn ihr von Unendlichkeit redet, dann lasst ihr einfach eine 8 auf die Seite kippen und schon habt ihr ein Symbol, damit ihr weiter rechnen könnt. Begreifen, oder sie euch vorstellen, ist absolut unmöglich. Es ist noch nicht einmal eure Schuld oder Dummheit. Ich verrate dir jetzt ein Geheimnis, ihr seid nämlich absichtlich so konzipiert, dass ihr nur hier und jetzt, nur in eurer dritten Dimension denken dürft. Wer weiß, was passieren würde, wenn ihr mehr wüsstet …

In ein paar Millionen Jahren wird die Sonne in eurem Sonnensystem ausgebrannt sein und implodieren, wird zu einem alles in sich aufsaugenden ›Schwarzen Loch‹. Das gesamte Universum wird sich nicht weiter ausbreiten, sondern in sich zusammenfallen – danach alle anderen Universen ebenfalls. Reise rückwärts, bis hin zum Urknall. Dann bin ich natürlich schon längst da. In dem schwarzen Loch sitze ich übrigens auch. Ich bin der Gegenspieler zu allem, was ihr begreifen könnt. Ich bin die Antimaterie …!«

»Ist ja gut«, fiel Jan ihm barsch ins Wort, »ich habe es ja verstanden«, und grinsend fügte er hinzu: »Irgendwann bauen wir, vielleicht wieder in der Schweiz, einen noch riesigeren Teilchenbeschleuniger und kriegen dich dann doch noch zu Gesicht.«

»Glaubst du, dass das erstrebenswert wäre? Ich glaube nicht! Und nun ist genug! So gerne ich auch mit dir plaudere, mein lieber Jan Magnus, so muss ich dich doch jetzt bitten mitzukommen.«

»Ja, war nett mit dir, aber ich will jetzt nach Hause«, wehrte sich Jan, »ich würde jetzt wirklich lieber nach Hause fahren. Hast du nicht gesagt, du hättest alle Zeit der Welt? Dann kannst du warten.«

Wie ein greller Blitz schoss plötzlich unter dem Regencape ein knöcherner, gleißend weißer Arm hervor. Eine klapperige, doch sehr stark abgemagerte Hand versuchte Jan zu ergreifen.

Doch der war geistesgegenwärtig nach hinten geschnellt. Zurücklaufen konnte er nicht. Seine beiden Beine gehorchten ihm nicht – als wären sie in einen Schraubstock gespannt. Das kleine Männchen stand stark nach vorne gebückt vor ihm und hatte jetzt tatsächlich eine bedrohliche Haltung angenommen. Man konnte wieder dieses blecherne Heulen oder schrille Pfeifen hören, wie das einer Feuerwehrsirene.

Dann, mit einem ohrenbetäubend lauten Knall, fegte eine riesige weiße Wolke, wie ein Ballon, aus der Kapuze hervor, wie gefrorener Atem, und schlug Jan gewaltig und eiskalt ins Gesicht.

Jan versuchte die Augen zu öffnen, erst eins, dann langsam beide. Er blinzelte, und erst nach mehrmaligem Zwinkern gelang es ihm, vor sich zumindest verschwommen einige Lichter zu erkennen. Abgerissen und bruchstückhaft sah er vor sich ein Lichtermeer aus roten und blauen Blitzlichtern. Dazwischen immer wieder ein Blitzlichtfeuerwerk aus grellweißem Licht. Und in den Ohren hörte er wieder dieses schrille Pfeifen, wie das einer Feuerwehrsirene.

Nach und nach wurde sein Blick klarer. Direkt vor ihm, vielleicht zwei Meter entfernt, brannte etwas. Jan kniff die Augen zusammen und blinzelte. Da war ein Feuer. Es war ein Auto, das da brannte, schon fast ausgebrannt, oder war es schon gelöscht worden? Er versuchte seine Beine zu bewegen, aber das ging nicht. Sie schmerzten bei der kleinsten Bewegung. Sie waren unten im Fußraum eingeklemmt. »Wenn ich hier in meinem Auto sitze, sieht das aber jetzt anders aus, als ich es in Erinnerung hatte …«, ging es ihm durch den benommenen Kopf. »Ich verstehe«, sagte sich Jan, »ich habe einen Unfall gehabt und meine Beine sind da unten eingeklemmt.« Vor ihm, fast direkt vor seinem Gesicht, hing am Lenkrad schlaff ein weißer Sack, wie ein Ballon. »Gefrorener Atem«, Jan sah im Geiste noch die eisige Wolke auf sich zurasen … Und wieder hörte er die schrillen Martinshörner der Rettungswagen. Weiter vorne, hinter dem inzwischen gänzlich ausgebrannten Wagen, konnte Jan nun noch mehrere Autos ausmachen. Kreuz und quer standen sie auf der Fahrbahn. Dazwischen blaues Blinklicht und Menschen in roten Anzügen. »Ich bin auf der 44«, sagte sich Jan, »ich will nach Hause.«

»Ach – Gott sei Dank!«, rief da eine Männerstimme und beugte sich zu Jan durch die fehlende Frontscheibe, »Sie sind ja wieder bei Bewusstsein. Vorhin, als wir den Wagen da vor Ihnen gelöscht haben, waren Sie noch nicht wieder bei Sinnen, schrien nur immer so Sachen wie ›Hau ab!‹ oder ›Weg!‹. Wir dachten schon«, scherzte der Feuerwehrmann, »Sie meinten uns und wir sollten Sie abfackeln lassen, hahaha. Wir konnten in allerletzter, aber wirklich allerletzter Sekunde verhindern, dass das Feuer auf Ihren Wagen übergeschlagen ist, noch mal riesig Schwein gehabt. Die Beine befreien wir sofort, geht's denn noch, ist's auszuhalten? Und wieder klar in der Birne?«

Jan hob leicht den Kopf und schaute in ein rundes, freundliches Feuerwehrmanngesicht.

»Ja, geht so«, sagte Jan, noch mit zittriger, leiser Stimme, »alles klar, war wohl eben nur kurz 'n bisschen weg …«

Tiefgefroren

Martin war fassungslos.

Seit Stunden stand er am Fenster und schaute hinaus.

Unten auf der Straße spiegelten sich mittlerweile die Scheinwerfer der Autos auf dem nassen Asphalt. Von dem, was da draußen passierte, drang aber nichts bis zu ihm vor, er bekam nicht das Geringste mit. Er starrte einfach nur wie benommen in das Dunkel der hereinbrechenden Nacht. Was heute Nachmittag hier passiert war, ging an jeder Vernunft vorbei, nicht nachvollziehbar – absurd, lächerlich und unerträglich.

Silvia hatte ihn verlassen! Nach 14 Jahren Partnerschaft und 10 Jahren Ehe. Die Kleine hatte sie vorsorglich gleich schon mal bei Heike gelassen. Die Kleine hieß Julia und war seine 6-jährige Tochter. Heike, eine alte Freundin von Silvia, lebte allein in einem großen Haus, die obere Etage war unbewohnt. Da war sie eingezogen. »Falls du komplett ausklinken solltest«, hatte sie geschrien, »wollte ich sie vor dir retten. Die siehst du so schnell nicht wieder!«

Silvia war immer schon sehr temperamentvoll gewesen. Sie war Italienerin, kam aus der Toskana und war wegen ihm nach Deutschland gezogen. Aber so hysterisch und vor allem so laut gekreischt wie diesen Nachmittag, hatte sie selten.

Am frühen Nachmittag hatte sie ihn im Büro angerufen und schon da unüberhörbar in den Hörer gebrüllt, er solle auf der Stelle nach Hause kommen, sonst würde er sie überhaupt nicht mehr wiedersehen. Er hatte es nicht geschafft, irgendetwas zu antworten, sie hatte aufgelegt.

Martin war nichts anderes übriggeblieben, als seine Kollegen und seinen Chef zu informieren: »Ich muss sofort nach Hause, da muss etwas passiert sein!«

Martin war jegliche Farbe aus dem Gesicht gewichen, und so entsetzt, wie er dreingeschaut hatte, hatte der Chef vollstes Verständnis gehabt und hatte ihn gehen lassen.

»Meld' dich!«, rief er ihm hinterher, »sag' Bescheid! Wenn du Hilfe brauchst.«

Martin war in Windeseile aus dem Büro gerauscht und hatte sich nur bei dem Gedanken ein wenig beruhigen können, dass mit Julia wohl nichts hatte passieren können, denn sonst hätte sich Silvia anders angehört. Sie hatte wütend, nicht ängstlich geklungen, nicht verunsichert, in Panik, sondern kampfbereit und ihrer Sache sicher. Auf *ihn* hatte sie es abgesehen, das war ihm klar. Irgendetwas musste er furchtbar falsch gemacht haben.

Es war eine ganz normale Ehe, wie viele anderen auch, mit Höhen und Tiefen. Es gab immer wieder unliebsame Diskussionen, aber ihre Beziehung lebte, war nie langweilig. Wichtig war, dass man sich gegenseitig vertraute. Silvia hatte sich in Deutschland nie so ganz wohl gefühlt. Sie vermisste ihre Familie und ihre alten Freunde. Mindestens dreimal im Jahr fuhr sie deshalb nach Italien, zu Ostern, in den großen Ferien und zu Weihnachten. Hier in Deutschland hatte sie nur Heike. Eine Arbeit zu finden erwies sich als äußerst zermürbend. Mittlerweile unterrichtete sie Italienisch.

Ihre Partnerschaft war jahrelang kinderlos geblieben. Nach vier Jahren hatten sie sich an eine »Praxis für Fertilisation« gewandt, allerdings nach dem ersten Versuch einer sogenannten »künstlichen Befruchtung« resigniert aufgegeben. Beide hatten die gesamte Prozedur als menschenunwürdig empfunden und dann versucht, sich mit ihrer Kinderlosigkeit abzufinden. Bis eines Tages, als er und Silvia gerade über die Kinder im Nachbarhaus redeten, beide sich lange angeschaut hatten, ohne etwas zu sagen, bis Silvia plötzlich gesagt hatte: »Und wenn wir ein Kind adoptieren …?«

Jetzt war also »Lule« da. So hatte sie sich selbst genannt, weil »Julia« viel zu schwierig war, und so wurde sie auch heute noch gerufen. Vor sechs Jahren war sie zu Silvia und Martin gekommen. Alles war problemloser abgelaufen, als man sich das vorgestellt hatte. Ein Vierteljahr nach Antragstellung, einigen Gesprächen und eingehender »Tauglichkeitsprüfung« seitens des Jugendamtes, nach Ausfüllen unzähliger Dokumente, mehreren Besuchen beim Notar etc. konnten Silvia und Martin die kleine, gerade fünf Monate alte Julia bei ihren derzeitigen Pflegeeltern abholen. Jetzt war sie sechs Jahre alt.

Für den Weg vom Büro nach Hause brauchte er für gewöhnlich 20 Minuten, heute schien es ihm, als wäre er stundenlang unterwegs.

Als er die Wohnungstür aufschloss, zitterten seine Hände.

Im Korridor stand sie dann, Silvia. Martin erschrak. Sie sah entsetzlich aus, die Haare zerzaust, sie standen ihr sprichwörtlich zu Berge. Sie hatte rotunterlaufene Augen und tiefe schwarze Ringe darunter. Blass und verheult, wedelte sie mit einem oder mehreren Zetteln in der Hand vor ihm herum. War es ein Brief?

»Du bist die allergrößte Drecksau, die ich jemals kennen gelernt habe«, schrie sie, »dass du so ein verlogener Schweinehund sein kannst!« Teilweise fluchte sie dann auf Italienisch noch schlimmer, während Martin völlig geschockt und ahnungslos nach Luft schnappte. Glücklicherweise neigte sie nicht zu Handgreiflichkeiten.

»Du hast mich jahrelang verarscht«, brüllte sie, »mich für komplett bekloppt gehalten, mich hintergangen, mich belogen und betrogen.«

»Silvia! Was redest …«, mehr brachte Martin nicht hervor, er kam nicht zu Wort.

»Hinterhältig und scheinheilig!« Sie machte keine Pause. »Der liebe Familienpapi …! Kümmert sich ja ach so rührend um seine Tochter …!«

»Du bist ja völlig durchgeknallt, was redest du da?«, wurde Martin jetzt auch laut, »du drehst ja total am Rad, spinnst du, oder was soll das Theater?«

»Theater? Dazu bist du ja wohl auserwählt, kannst du bewiesenermaßen, hervorragend. Hast jahrelang hier eine tolle Komödie abgezogen, für dich sicherlich ein Lustspiel, du Lügner – bravo!«

»Was soll ich denn gespielt haben?« Martin musste aufpassen, dass die Schreierei nicht noch mehr aus dem Ruder lief, musste versuchen, sie irgendwie wieder auf den Boden zu kriegen. Er hatte keine Ahnung, was sie überhaupt meinte. Was warf sie ihm vor? Er ging einen Schritt auf sie zu, aber sie wandte sich ruckartig, mit angewidertem Gesicht, ab und lief ins Wohnzimmer.

»Komm mir nicht zu nah, du …!«, ihr Gekeife wurde zunehmend von gequälten Schluckversuchen unterbrochen. Sie kämpfte mit den Tränen, hatte sich auf das Sofa fallen lassen, die Papiere auf ihrem Schoß, und schaute Martin mit glasigen Augen an.

»Das nicht, Martin, alles, aber das nicht!«, krächzte sie heiser, »das hättest du nicht tun dürfen! Warum hast du mir nie etwas erzählt? Ich weiß«, sie lachte hysterisch auf, »weil Papi ein feiger Hund ist, nicht? Jahrelang zu feige, mit der Wahrheit rumzukommen. Der mutige Herr Papa, der seiner Tochter predigt, immer die Wahrheit zu sagen, auch wenn's weh tut.«

»Ich weiß nicht, wovon du redest, Silvia«, versuchte Martin sie zu unterbrechen, »was soll ich denn verbrochen haben? Was soll ich denn gelogen haben? Was keifst du hier rum und ich weiß nicht mal, was ich ausgefressen haben soll!«

»Nein, natürlich nicht, Papi«, säuselte Silvia, sie hatte ihr zynisches Grinsen aufgesetzt, das tat sie immer, wenn sie etwas extrem zum Kotzen fand, »du hast keine Ahnung. Was magst du dir wohl insgeheim ins Fäustchen gelacht haben, war bestimmt immer ein erheiternder, innerlicher Reichsparteitag für dich, wenn alle Leute und deine Kollegen dir zu deiner Tochter gratuliert haben …!«

Martin überlegte hin und her, was meinte sie? Er war überglücklich, dass sie Lule hatten. Er hatte sie abgöttisch lieb und war stolz auf sie, ganz egal was sie anstellte. Sie hatten sogar viel gemeinsam, Julia und er. Sie hörten beide gerne Musik und die Kleine war schon mit ihren sechs Jahren erstaunlich musikalisch, wie er! Bei dem Weihnachtsfest hatte sie in der Schule ganz allein vorne auf der Bühne gestanden und ein herzzerreißendes Weihnachtslied gesungen. Alle hatten geflennt.

Aber was wollte Silvia jetzt? Schon seit ein paar Wochen

war Martin an ihr eine Veränderung aufgefallen, er hatte dem aber keine Bedeutung beigemessen. Launen einer Frau, hatte er sich gedacht, wird schon wieder. Wurde aber nicht! Eher schlimmer! Sie verschloss sich immer mehr, redete bemerkenswert wenig, schien irgendwie traurig, nachdenklich, fast depressiv. Wenn er sie gefragt hatte, was denn sei, war sie schnell aufbrausend geworden und hatte aggressiv und einsilbig mit »nix«, »nein« oder »ich hab' nix, alles paletti!« geantwortet.

Silvia unterbrach abrupt seine Gedanken: »Wer hat denn noch von deiner tollen Geschichte gewusst? Klaus? Deine anderen Freunde? Deine Kollegen? Alle, ja? Ja, klar, alle, außer mir natürlich. Ich bin ja die Doofe, lebe hinter dem Mond und habe keinen blassen Schimmer von nix!«

»Mensch, was denn?«, schrie Martin, aufbrausend und genervt, »wovon hatten alle eine Ahnung? Ich jedenfalls auch nicht! Hör auf hier rumzuschreien und sag' endlich, was du willst. Du spinnst ja total!«

»Und Daniela? Kennst du auch überhaupt nicht, stimmt's? Hast du bestimmt noch nie gesehen, oder?«

»Natürlich kenne ich eine Daniela – und nicht nur eine, ich kenne mehrere, meistens Bekannte oder Freundinnen von dir«, Martin wurde immer nervöser, was wollte sie mit einer Daniela?

Daniela hieß zum Beispiel auch die junge Frau, bei der Julia »im Bauch« gewesen war. Lule wusste von klein auf, dass sie von Martin und Silvia adoptiert beziehungsweise »angenommen« worden war. Sie war sehr gut damit klargekommen, auch weil Silvia und er so früh wie möglich offen und ehrlich mit der Kleinen darüber geredet hatten. Martin hatte sich vom Jugendamt ein Foto von »Daniela, bei der sie im Bauch war« geben lassen. Man hatte ihm nur zögerlich eins gegeben. Dieses Foto hatten sie Lule schon gezeigt, als sie noch kaum sprechen konnte. Und um den Begriff »leibliche Mutter« nicht gebrauchen zu müssen, hatten sie nur immer gesagt: »Siehst du, das ist die liebe Frau, bei der du im Bauch warst.«

So wurde fein säuberlich und konsequent zwischen »Mutter« und »Daniela, bei der sie im Bauch war« unterschieden. Es sollte nicht eine »richtige« und eine »falsche« Mutter geben. Später konnte man Julia dann erklären, dass »Daniela« noch sehr, sehr jung gewesen war. Und dass Daniela noch nicht in der Lage gewesen war, sie, Julia, großzuziehen. Deshalb hatte man jemanden gesucht, der sich um sie kümmern sollte ...

Von Daniela hatte man nicht viel in Erfahrung bringen können, nur noch den Nachnamen, sonst nichts. Genauso wenig waren der Name und die Herkunft ihres damaligen Partners, also des »Erzeugers« des Kindes, zu erkunden. Nicht einmal, wo sie wohnte, bekam man heraus – auf ausdrücklichen Wunsch von Daniela, wie das Jugendamt mitteilte. Sie hatte es so gewollt.

Silvia war mit einem Sprung vom Sofa hochgeschnellt und lief vor Martin auf und ab. In den Händen hielt sie noch die Zettel und fuchtelte damit vor ihm herum.

»Mit Blindheit muss ich geschlagen gewesen sein«, schnauzte sie, »klar, Julia isst gerne Schokolade – wie der Papa, Julia hört gerne Musik – wie der Papa, sie isst gerne Fleischwurst – wie der Herr Papa, sie hat helle Augen – wie der Papi, blonde Haare ... soll ich weitermachen, du elender Heuchler?«

Silvia war kurz vor dem Nervenzusammenbruch. Martin saß regungslos mit entgeistertem Gesichtsausdruck im Sessel. Er war geschockt.

»Was willst du denn damit sagen?«, stammelte er mühsam.

»Ich kapier' gar nichts!«

»Wie kann man nur so verlogen sein«, zischte sie, »wie war sie denn, deine Daniela, blond? Ich rede von der Daniela, bei der Julia im Bauch war.«

»Und warum dann *meine* Daniela, spinnst du? Die habe ich doch nie gesehen! Die haben wir doch beide nie zu Gesicht bekommen.«

Silvia war vor ihm stehen geblieben.

»Dann erklär' mal, wie Julia zu deinen ›Genen‹ kommt! Vielleicht war's ja der heilige Geist. Hier, Herr Papi«, schrie sie ihm ins Gesicht und knallte dabei die einzelnen Zettel auf den Tisch.

Während Martin nach den Zetteln angelte, fuhr sie fort:

»Raffiniert, deinen Fremdgang wolltest du mir unterschieben, klasse! Wir nehmen ein Kind an, toll, einverstanden. Dann nehmen wir doch gleich meins, ich hab' da noch eins. Sechs Jahre hast du mich verarscht und ich blöde Kuh hab' dir immer vertraut, habe nichts gemerkt.«

Martin musste gegen sie anschreien: »Silvia, hör auf! Was redest du? Du bist ja völlig übergeschnappt! Ich habe dich nie betrogen, nie, in all den Jahren nicht ein einziges Mal. Das schwör' ich.«

Da rauschte sie auf ihn zu und blieb erst kurz vor seinem Gesicht stehen, er spürte ihren heißen Atem: »Du und schwören? Du glaubst doch an nichts, lass das Schwören, du verlogener Hund. Es könnte eh nur ein Meineid werden.« Sie schlug mit der Hand auf den Tisch, »dann lies doch,

99,9 % Sicherheit, authentifiziert, nachgeprüft und notariell beglaubigt, Zertifikat anbei in zweifacher Ausführung …! Du bist der Vater von Julia!«

»Das ist doch Blödsinn, irre, einfach irre!«, Martin war ebenfalls aufgesprungen, »Wahnsinn!« Er war außer sich. »Hör jetzt endlich auf mit dem Schwachsinn!«

»Schwachsinn?«

»Ja, Schwachsinn, das kann gar nicht wahr sein, das geht einfach nicht! Unmöglich!«

»So, und das Labor? Alles Schwachköpfe, der Kinderarzt, ein Schwachkopf, der Notar, der Rechtsanwalt, alles Idioten, nur Papi nicht. Papi ist ein Engelchen und weiß von nichts!«

Er war verzweifelt, an Silvia war nicht mehr ranzukommen. Er war nicht fremdgegangen! Und hatte auch nicht mit einer anderen Frau ein Kind gezeugt, auch nicht, und überhaupt nicht, mit einer Daniela, die er nie in seinem Leben gesehen hatte.

»Ich war heute Morgen beim Anwalt«, sagte sie, »ich habe die Scheidung eingereicht!«

»Was hast du?«

»Ich lass mich scheiden!«

»Ich glaub's nicht! Das kann alles nicht wahr sein! Das stimmt doch alles gar nicht!«

»Doch! Bei den Dokumenten ist auch die Einladung zu einem gemeinsamen Termin.«

»Das kann doch alles gar nicht stimmen«, schrie Martin, »ich bin zeugungsunfähig, ja, zeugungsunfähig! Nicht impotent, sondern › z e u g u n g s u n f ä h i g ! ‹ Er hatte es laut, Buchstabe für Buchstabe, durchs Wohnzimmer geschrien. »Das weißt du doch!«

»Mit mir warst du es, bei anderen vielleicht weniger? Lass das unsere Anwälte klären!«

»Das geht nicht … ist doch Quatsch!«

»Ich bin bei Heike eingezogen, oben in die kleine Wohnung. Julia bleibt vorerst bei mir.«

»Nee, so nicht«, schrie er auf, »so nicht!« Er kochte jetzt vor Wut und Verzweiflung. Was war das für ein Spiel? Er hatte also ein Kind mit einer anderen Frau gezeugt, ohne es bemerkt zu haben. Mit einer Frau, die er weder kannte noch jemals zu Gesicht bekommen hatte. Und dann hatte er das Kind selbst adoptiert?

»Bescheuerter geht's nicht! Aber so kommst du mir nicht damit durch. Ich weiß zwar nicht, was du vorhast, aber wir Väter haben auch noch unsere Rechte.«

»Ich sagte schon, das mögen die Anwälte entscheiden!«

Plötzlich, eiskalt, hatte sie sich umgedreht, war hinausgegangen und hatte sich den Mantel angezogen. In der Tür hatte sie sich flüchtig noch mal umgedreht und gerufen:

»Du weißt ja, wo du uns findest.«

Dann war sie weg …

Martin war fassungslos!

Er stand immer noch am Fenster und schaute hinaus. Unten auf der Straße passierte nicht mehr viel. Die meisten Leute waren schon zu Hause.

Er ging zum Wohnzimmertisch und las sich zum zigsten Mal ein Papier nach dem anderen durch. Alles beglaubigte Kopien. »Genetic-Lab« stand da. Heimlich hatte sie also eine DNA-Analyse machen lassen, einen Vaterschaftstest. Wieso denn überhaupt? Warum? Hatte sie in der Zeit allmählich Zweifel angestaut, weil viele Bekannte so dumme

Sprüche losließen wie: »Die Kleine sieht dem Martin aber ähnlich – wie aus dem Gesicht geschnitten ...!«

Deswegen war sie in der letzten Zeit so verändert. Und war zweimal beim Kinderarzt gewesen, obwohl er noch gemeint hatte, Lule sei doch gar nicht krank. »Allgemeine Vorsorgeuntersuchung und Impfungen«, hatte sie erklärt. *Sie* hatte also gelogen!

Das Zertifikat! Mit Stempeln und Unterschriften versehen, stand da:

»An Familie Silvia und Martin Dreihoff ...«

Immer wieder las er den Satz, unten, fast am Ende des Briefes:

»Somit können wir mit 99,9 -prozentiger Sicherheit davon ausgehen, dass Herr Martin Dreihoff der (genetische) bzw. der leibliche Vater von Julia Dreihoff ist.«

Dann stand da noch etwas wie: »Mindestens 13 Marker von 15 Markern auf dem Genom stimmen mit dem untersuchten Material überein. In Zusammenschau mit untergeordneten Kriterien, wie der Blutgruppe, dem Rhesusfaktor etc., ist der vorgelegte Befund als eindeutig einzustufen ...«

»Eigentlich«, dachte er sich, »könnte ich ja froh sein. Wenn das in irgendeiner Weise stimmen würde – wenn das überhaupt irgendwie wahr wäre. Ja, dann könnte ich mich jetzt freuen ... Aber leider ist es nicht wahr. Es ist unmöglich! Auch die Wissenschaft kann sich irren.«

Er ging zum Telefon und rief Klaus an:

»Klaus? Hallo, entschuldige, hab' ich dich geweckt?«

»So isses! Ist meist so, wenn man nachts um halb eins ans Telefon muss ...! Ich bin also jetzt geweckt, was ist los?«

»Ich brauche dringendst deine Hilfe, können wir uns sehen – sofort?«

»Jetzt? Bist du jeck?«

»Ja, sofort, ich dreh' sonst durch.«

»Geht das nicht morgen früh?«

»Dann bin ich in der Klapse! Silvia ist abgehauen! Die Kleine hat sie auch mitgenommen!«

Im Hörer hörte man ein Rauschen, dann sagte Klaus: »Willst du herkommen oder soll ich …?«

»Bitte komm du, ich hab' schon vier Flaschen Bier auf, hilft aber nicht …«

»Das bedeutet, ich soll dir Bier vorbeibringen … okay, bin unterwegs.«

Klaus war sein bester Kumpel, immer vergnügt, humorvoll und gut aufgelegt, nichts konnte ihm die Laune verderben. Er hatte die Gabe, selbst die dramatischsten Sachverhalte so zu drehen, dass man darüber lachen musste. Eine halbe Stunde später stand er vor Martin:

»So, haste jetzt endlich deine Ruhe? Weiber weg? – Hab' och 'ne Kiste Bier mit. Morgen fällt die Arbeit aus!«

Kaum hatte Klaus die Wohnung betreten, ging es Martin ein wenig besser.

»Danke!«, sagte er, »schön, dass du kommen konntest. Ich glaub', ich dreh durch!«

»Ist doch nichts Neues bei dir, habt ihr euch wieder gezankt? Und außerdem lass ich nie einen Kumpel im Stich, der kein Bier mehr hat …!«

»Du Doofer! Diesmal ist es ernst.«

»Heißt so der Neue von Silvia …?«

»Klaus, es ist wirklich ernst! Da, lies, ich bin Vater geworden!«

»Ich weiß! Das wissen wir doch alle! Du hast das allerschnuckeligste Töchterchen seit dem Urknall und du bist der weltbeste Papi!«

»Hör auf, Mann, lies!«

Klaus stellte das Bier beiseite und überflog als erstes das »Zertifikat«.

»Das is' ja 'n Ding! Mensch, Martin, du bist ja ein ganz Ausgekochter. Wie hast du das denn geschafft?« Er lachte Martin dabei voll ins Gesicht! »Wer hätte das gedacht, unser kleiner Martini …!«

Martin brüllte los: »Mensch, Klaus, hör mir zu! Das ist gelogen, was da steht …!«

Klaus fiel ihm laut losprustend ins Wort:

»Hätte ich dir niemals zugetraut! Da pimpert der fremd und adoptiert dann die eigene Tochter – genial!«

»Hätte ich dich bloß nicht angerufen, tolle Hilfe bist du! Das ist Kokolores, was da geschrieben steht! Das stimmt nicht!«, rief Martin.

»Tut mir leid, mein Freund, die Dinger hier sind todsicher, oder besser lebenssicher, hahaha …!« Er lachte sich halb schlapp. »Von einer anderen Frau hast du mir nie etwas erzählt, du Schlawiner … immer nur Silvia!«

»Da war auch keine andere Frau, ich sag's dir doch! Die spinnen da beim Labor.«

»Das wird alles hundertmal geprüft, ist zertifiziert und so weiter! Das ist doch für die juristisch viel zu riskant. Nee, nee, mein Lieber, die vertun sich nicht.«

»Sonst gibt es keine Erklärung! Ich war nie mit einer anderen Frau zusammen als mit Silvia! Jedenfalls nicht, seit ich mir ihr zusammen bin.«

»Wie war sie denn, die …?«

»Wer?«

»Na ja, die … andere Frau, die nicht existiert, aber mit der du auch nie geschlafen hast … und mit der du eine Tochter gezeugt hast? Wer war es denn?«

»Ich verstehe es doch auch nicht – du glaubst mir nicht!«

»Nein! Aber ich bewundere dich«, grinste Klaus.

Martin versuchte sachlich zu bleiben:

»Silvia ist überzeugt, ich hätte was mit der ›Daniela, bei der Julia im Bauch war‹ zu tun gehabt. Mit dieser Daniela wäre ich fremd gegangen …«

»Und? Wie war's? Kenn ich Daniela?«

»Nein!«, schrie Martin, »du kannst sie nicht kennen …«

»Weil es sie nicht gibt?«, lachte Klaus auf.

»Weil ich sie selber nicht kenne, nie kennengelernt habe und nie in meinem Leben gesehen habe.«

»Is' ja irre!«, staunte Klaus, »wie hast du das denn angestellt …?«

»Julia haben wir damals von Pflegeeltern abgeholt, wo sie für ein paar Tage war. Der sogenannten ›Daniela‹ hatte man die Kleine nicht überlassen wollen, wer weiß, weswegen auch immer. Wir haben diese ominöse Daniela nie zu Gesicht bekommen. Verstehst du? Und *ich* habe Daniela ebenfalls nie gesehen! Hörst du? Ich habe sie nie gesehen!« Martin japste nach Luft.

»Du willst mir also weismachen«, griente sein Freund, »dass deine Gene auf phantastische, mystische Wunderweise in einer Frau gelandet sind, du aber nicht dabei warst? Wenn du mir jetzt noch sagst, die Frau sei immer noch Jungfrau …«

»Blödmann«, seufzte Martin. Er hatte seine Arme auf den Tisch gestützt und vergrub sein Gesicht zwischen den Händen. Er wusste nicht weiter. Erst Silvia und jetzt sein bester Freund, der das alles auch noch zum Brüllen fand.

»Vielleicht warst du ja mal auf einer Party und hast zu viel …«

»Nein!«

»Oder Karneval, mit Kostüm …«

»Nein!«

»Nur ein klitzekleines bisschen Gras geraucht …?

»Nein!«

»Ich weiß!«, rief Klaus, »du warst so sturzbesoffen, und kannst dich an nichts mehr erinnern?«

»Nein!«, antwortete Martin resigniert, »so hackevoll wie du war ich noch nie.«

Klaus schaute ihn an.

»Du arme Sau!«, sagte er.

»Ja!«

»Was habe ich für merkwürdige Freunde«, sagte Klaus schon mit leicht lallender, verwaschener Aussprache, »nicht nur, dass sie fremd pimpern gehen und nichts davon mitkriegen, saufen könnense auch nicht …!«

Die beiden hatten mittlerweile eine beträchtliche Menge Bier in sich geschüttet. In Martins Kopf fuhren tausend Gedanken ein Wettrennen über eine Rüttelpiste, oder mit der Achterbahn, inklusive Loopings.

Nach weiteren zwei Flaschen waren beide eingeschlafen. Klaus hatte sich noch auf das Sofa geschleppt, Martin war im Sessel eingenickt. Der letzte Satz von Klaus war nur noch schwer verständlich:

»Jetzt hab' ich's«, stammelte er vor sich, »man hat dir dein

Sperma geklaut, einfach so … ungehörigerweise gestohlen … So 'ne Sauerei! Einfach so geklaut …!«

Noch vor Morgengrauen wurde Martin unsanft aus seinen schlimmsten Alpträumen gerissen. Klaus stand vor ihm, brüllte ihn an und rüttelte dabei so heftig an Martins Schultern, dass dieser meinte, sein Schädel platze.

»Was ist …, bist du schon …?«, krächzte er mit heiserer Stimme, noch völlig verkatert. Klaus redete weiter auf ihn ein:

»Was hast du gestern Abend noch gefaselt«, fragte er, »direkt vor dem Einpennen? Da hast du doch irgendetwas vor dich hin gebrummelt!«

»Weiß nicht, kann mich nicht erinnern – hab' ich nicht!«

»Gut, dann war ich es doch!«, lachte Klaus, »wusste, dass ich der Schlaue bin. Also, was habe ich gesagt? Ich sagte: ›Man hat dir dein Sperma geklaut!‹«

»Du bist noch volltrunken.«

»Nein, ich bin stocknüchtern, überleg doch mal. Warst du nicht mit Silvia in dieser komischen ›Fruchtbörse‹, na ja, du weißt schon, in dieser Babyfabrik …?«

»He, was redest du?« Martin richtete sich mühevoll auf. Ihm taten sämtliche Knochen weh. Was meinte Klaus? Dann wurde er nachdenklich:

»Du meinst das Fertilisationszentrum in Vellingsten?«

»Ja, oder so – das meine ich. Wie ist das denn da so abgelaufen?«

Martin seufzte, atmete einmal kräftig ein und lange aus:

»Na ja«, begann er zögernd, »wir sind halt da zusammen hingefahren, mehrmals – und nach einer Reihe von Vorgesprächen hat man uns erklärt, dass meine Spermatozyten zwar vorhanden sind, aber träge da rumhängen und zu schlapp sind, das heißt, sich nicht richtig fortbewegen. Und so können sie die Eizelle nicht knacken … oder so.«

»Dann bist du doch gar nicht zeugungsunfähig.«

»Insofern nicht, aber auf natürlichem Wege geht es halt nicht, weil die kleinen Flitzer eben nicht zur Eizelle flitzen …! Und deshalb hat man uns erklärt, man würde von mir die nötigen Zellen isolieren, bei Silvia Eizellen entnehmen und dann nachhelfen, dass die Spermazelle in die Eizelle gelangt. Das machen die unter dem Mikroskop mit einer feinen Nadel.«

»Und wie oft hast du, sagen wir mal, ›Material‹ abgegeben?«

»Einmal, warum?«

Martin kam immer mehr ins Grübeln. Das wäre tatsächlich eine Idee.

»Und wie ging's dann weiter?«, fragte Klaus.

»Wenn die Eizelle dann einmal, sozusagen, befruchtet ist, muss man warten, bis die Zellen sich vermehren. Dann, ich glaube, nach drei Wochen, wurde das Resultat bei Silvia in die Gebärmutter eingesetzt.«

»Und weiter, was passierte dann?«

»Silvia war tatsächlich einmal schwanger, wir hatten schon gedacht, es hätte geklappt, aber nach sieben Wochen hatte sie auf einmal wieder ›ihre Tage‹ und alles war futsch.«

Martin war die ganze Zeit unruhig in seinem Sessel hin- und hergerutscht. Jetzt sprang er auf.

»Weißt du was?«, rief er aufgebracht, »da ist was dran an der Geschichte, du hast recht!«

»Welche Geschichte genau?«

»Dass man mich beklaut hat!«

»Deswegen hab' ich ja gefragt, wie oft du …«

»Nur einmal, aber wenn ich mich recht erinnere, haben die damals gesagt, man würde noch ›Material‹ zurückhalten, sozusagen speichern – wir hätten damals eigentlich drei Versuche gehabt …! Hatten aber nach dem ersten Mal die Schnauze voll …! Und wenn die meine Probe einfach weitergegeben haben …?«

Die beiden Freunde starrten sich eine Weile stumm an.

»Ich glaube, wir sollten deiner ›Fruchtbörse‹ mal einen Besuch abstatten. Komm, wir fahren nach Vellingsten.«

»Lass uns erst mal anrufen, hören, wann die da sind.« Erst da fiel Martin mit Schrecken ein, dass er sich ja noch bei seiner Arbeit melden musste. Er beschloss, seinem Chef nicht zu sagen, er sei krank, sondern er würde ihm sagen, dass er ein Riesentheater am Hals habe und ein paar Tage Urlaub nehmen müsse.

»Klaus, schau schon mal im Internet«, bat er, »such nach der Telefonnummer – Praxis für Fertilisation, in Vellingsten.« Er rief derweilen seinen Chef an. Glücklicherweise gab es keine Probleme. Erneut wurde ihm sogar Hilfe angeboten.

Im Internet wurde kein Eintrag unter den eingegebenen Suchkriterien gefunden, auch eine erweiterte Suche blieb erfolglos.

»Und jetzt? Was machen wir nu?« Entmutigt saßen die beiden in ihren Sesseln.

»Gibt es nicht irgend solche Ärztevereinigung, wo die alle gemeldet sind?«

»Ärztekammer!«

Klaus saß schon wieder vor dem PC.

»Hier, gefunden, Ärztekammer – Münster. Ruf mal an: 0251 …!«

Eine freundliche Stimme meldete sich:

»Ärztekammer, Münster, Neumann, guten Tag, was kann ich für Sie tun?«

»Einen wunderschönen guten Morgen wünsche ich Ihnen«, säuselte Klaus in den Hörer, »ich vertrete die Interessen eines Klienten, wir benötigen die Adresse und Telefonnummer der Praxis für Fertilisation in Vellingsten.« Klaus war nie in seinem Leben Rechtsanwalt, amüsierte sich immer aufs Neue, wie die Leute auf seine Nummer mit dem Klienten hereinfielen.

»Moment bitte, ich schau mal nach.« Es knackte in der Leitung, dann kam Musik, unterbrochen durch das stereotype: »Bitte warten …«

»Hören Sie?«, meldete sich die freundliche Stimme zurück, »ich kann keinen Eintrag finden, zumindest nicht aktuell, tut mir leid.«

»Und was ist bei den nicht aktuellen, ich meine, so vor …« Klaus hielt den Hörer zu und raunte Martin zu: »Wann war das?«

»Vor sieben Jahren – ungefähr.«

»Hallo, Fräulein?«, fuhr Klaus fort, »ich meine so ungefähr vor sieben Jahren.«

»Moment, ich schau noch mal nach.«

24-mal »Bitte warten«, dann war sie wieder da:

»Praxis für … ja, das muss es sein, in Vellingsten, aber die Praxis wurde vor fünf Jahren geschlossen.«

Geistesgegenwärtig schaltete Klaus, hielt wieder den Hörer zu und flüsterte: »Wie hieß der Arzt damals?«

»Keine Ahnung, vergessen.« Martin konnte sich beim besten Willen nicht erinnern.

»Und was macht der leitende Arzt aus der Praxis heute?

Der war doch noch so jung«, pokerte Klaus, kniff Martin dabei ein Auge zu und verzog sein Gesicht zu einem breiten Grinsen, »ich mein den Dr. … Dings, äh, wie hieß der noch, Dr. …«

»Sie meinen Dr. Meinhart?«

»Ja. richtig, genau, Meinhart … ich wusste es doch!«

Es fiel ihm sichtlich schwer, nicht vor Lachen laut loszuprusten.

»Was macht der denn jetzt, ist ihm doch hoffentlich nichts passiert?«

»Nein, alles in Ordnung, eigentlich dürfte ich Ihnen am Telefon ja gar keine Auskunft geben, aber steht ja eh alles im Internet. Dr. Meinhart hat sich hier in Vellingsten als Gynäkologe niedergelassen. Brauchen Sie die Telefonnummer?«

Die freundliche Stimme gab Klaus die Nummer. Nachdem er aufgelegt hatte, krümmte sich Klaus vor Lachen:

»Na, wie hab' ich das gemacht? Die war einfach zu süß, die Kleine. Wenn ich dich nicht am Hals hätte, hätte ich die glatt angebaggert …!«

»Du skrupelloser Draufgänger! Ich versteh' das alles immer noch nicht so ganz. Wieso sollte man – und warum sollte man denn mit meinen Zellen jemand, 'ne wildfremde Frau, befruchten …?«

Klaus lachte seinem Freund breit ins Gesicht:

»So, so, du behauptest also immer noch, Daniela nicht zu kennen und nie gesehen zu haben …?«

»Blödmann!«, musste Martin nun auch lachen, »lass uns lieber mal den Dr. Meinhart anrufen. Oder sollen wir gleich hingehen?«

»Ja, klasse, wir beide, zum Gynäkologen …! Die werden

aber staunen. Und wir müssen uns vorher einig werden, wer von uns sich untersuchen lässt …«

»Klaus! – Gut, wir rufen an.«

»Lass mich das machen«, sagte der Freund lachend, »vielleicht ist da ja wieder so ein Süßchen dran und erzählt mir alles … aber guck mich jetzt nicht so vorwurfsvoll an! Ich muss ein bisschen tricksen! Und übrigens, hast du in deinem vergesslichen Köpfchen vielleicht noch irgendeinen anderen Namen von damals, von einem Assistenzarzt oder so, von einer Schwester?«

»Nee, leider nicht. Da war allerdings 'ne ganz liebe Schwester, ein Lichtblick in der Praxis. Total freundlich und verständnisvoll, den Namen weiß ich nicht mehr … Irgendwas mit ›K‹, glaub' ich – ja, doch, ich weiß wieder, ›Katharina‹, und den Nachnamen weiß ich auch noch. Das war ein englischer Name, also ›Hunt‹ hieß sie.«

Er ging zum Telefon und wählte die Nummer von Dr. Meinhart. Mittlerweile war es Mittag und die Kopfschmerzen verschwanden nach und nach. Martin war komplett verwirrt. Immer wieder sagte er sich: »Silvia ist weg! Die Kleine, weg! Warum hört dieser Alptraum nicht auf, warum werde ich jetzt nicht wach …?«

»Spreche ich mit der gynäkologischen Praxis Dr. Meinhart?«, flötete Klaus mit lieblichster Stimme und hatte das Telefon auf »Mithören« gestellt. Martin hörte mit.

»Ja, Praxis Dr. Meinhart, Katharina Hunt am Apparat, was kann ich für Sie tun?«

Klaus machte wilde Gebärden am Telefon und zeigte dann mit dem Daumen nach oben:

»Ich hätte gerne einen Termin für meine Tochter«, sagte er, grinste über beide Backen und zeigte dabei mit dem Zeigefinger auf Martin. »Und, was mir gerade auffällt«, fuhr er mit charmantestem Ton fort, »kann das sein, dass wir uns kennen? Sagten Sie nicht ›Katharina Hunt‹? Es kommt mir vor, als hätte ich Ihren Namen schon mal gehört.«

»Kann schon sein«, sagte da eine zu Blitzeis erstarrte Stimme, »ich arbeite schon länger für Dr. Meinhart – wollen Sie jetzt einen Termin für Ihre Tochter? Ich habe da noch was am 22. nächsten Monat.«

»Oh, das sind ja noch sechs Wochen, geht das nicht eher?«

»Nur, wenn es sich um einen Notfall handelt. Ist Ihre Tochter ein Notfall, hat sie Schmerzen?«

»Nein, sie ist kein Notfall, aber gerade eben ist mir eingefallen, wo ich Ihren Namen schon mal gehört habe. Und zwar vor ungefähr sieben Jahren. Da haben Sie auch schon für den Doktor gearbeitet, noch in der alten Praxis, stimmt's?« Klaus feixte übers ganze Gesicht.

»Ja, in der alten Praxis habe ich auch schon gearbeitet. Nehmen Sie jetzt den Termin oder nicht?« Aus der Stimme am anderen Ende des Telefons klang nun weniger Eiseskälte als eher ein wenig Verunsicherung.

»Ehrlich gesagt, Frau Hunt, es geht gar nicht um meine Tochter«, wurde Klaus plötzlich ernst und bestimmt, »sondern um die Tochter eines guten Freundes …«

»Ich habe nur noch diesen einen Termin frei – auch wenn es die Tochter Ihres Freundes ist. Soll ich sie eintragen?«

»Die Kleine ist aber erst sechs Jahre alt …«

»Dann müssen Sie zum Kinderarzt gehen – bitte, ich habe zu tun.«

»Kann ich denn mal mit Ihrem Chef sprechen …?«

»Unmöglich, ich kann ihn jetzt nicht stören.«

»Wir hätten gerne, das heißt mein Klient, den ich vertrete, und ich, etwas in Erfahrung gebracht, was wohl vor sieben Jahren abgelaufen ist, in der alten Praxis.«

Martin stöhnte, wieder die Nummer mit dem Klienten!

In der Leitung blieb es eine Weile stumm. Dann hörte man ein langes Seufzen, einen schweren Atemzug und dann:

»Moment, ich verbinde.«

Es dauerte eine ganze Weile, bis endlich jemand abnahm.

»Meinhart, guten Tag, was kann ich für Sie tun?« Er hatte eine freundliche Stimme, sprach sehr akzentuiert, klar und deutlich.

»Guten Tag, Herr Doktor, entschuldigen Sie bitte, aber wir hätten ein paar Fragen an Sie. Wir sind auf der Suche nach Erklärungen für einen Vorgang, der dringlichst aufgeklärt werden muss. Können wir uns treffen?«

»Wer ist wir? Wen vertreten Sie, und sind sie Rechtsanwalt? Von welchem Vorgang reden Sie bitte?«, fragte er nach wie vor freundlich.

»Es geht um eine, sagen wir, unklare Vaterschaft. Vor sieben Jahren war mein Freund mit seiner Frau in Ihrer Praxis für Fertilisation.«

»Meine Helferin, Frau Hunt, hat mir schon etwas angedeutet. Ich habe um 13:00 Uhr die Sprechstunde beendet. Ich weiß zwar nicht, wer Sie sind und wer Ihr Freund ist, aber wir können uns heute Mittag bei mir in der Praxis treffen.«

»Entschuldigung, dass ich mich nicht vorgestellt habe, mein Name ist Stürer, Klaus Stürer, mein Freund heißt Martin Dreihoff. Und ich bin kein Rechtsanwalt, vertrete allerdings die Interessen meines Freundes.«

»Ist der behindert, sind Sie der Vormund?«

»Nein, er ist nur ziemlich fertig mit den Nerven – hat gestern erfahren, dass er Vater geworden ist.«

»Das ist doch schön, gratuliere. Warum spreche ich dann nicht mit ihm selber?«

»Wie gesagt, er ist reichlich durch den Wind. Deswegen brauchen wir ja Ihre geschätzte Hilfe.«

»Ja, ich verstehe! Also, kurz nach 13:00 Uhr. Ich erwarte Sie.«

Klaus stellte das Telefon in die Ladestation und wandte sich an Martin: »War ich gut, oder war ich gut? Dann wollen wir mal gucken, ob der Herr Doktor etwas weiß – und wenn er etwas weiß, ob er es uns dann auch sagt.«

»Nichts wird der sagen. Der kann sich doch nicht an alle seine Patienten erinnern. Stell dir vor, alle Namen von zigtausend Patienten.«

»Er schien mir fast entgegenkommend, so, als wolle er etwas zum Besten geben – und Schiss hat der auch gehabt, sonst hätte der nicht so schnell eingewilligt.«

Pünktlich um 13.00 Uhr standen sie vor der Praxis. Die Tür wurde ihnen von einer jungen Frau, vielleicht Mitte dreißig, geöffnet. Obwohl sie die Haare jetzt anders trug, erkannte Martin sie sofort wieder.

»Guten Tag, Frau Hunt, ist doch richtig, Hunt? Das ist der Herr, mit dem Sie am Telefon schon gesprochen haben, Herr Stürer, ich bin Martin Dreihoff.«

»Ja, richtig, ich bin Katharina Hunt«, sagte sie und wirkte verlegen und verstört, »Sie haben sich meinen Namen gemerkt?«

»Namen von schönen Frauen merkt der sich immer«, platzte Klaus dazwischen und lachte.

In diesem Moment öffnete sich auch die Tür vom Sprechzimmer. Im Türrahmen erschien ein schlanker, großgewachsener Mann, schätzungsweise zwischen 55 und 60 Jahre alt. Frau Hunt stellte dem Arzt die beiden vor.

Er bat sie höflich, einzutreten.

»Bitte, nehmen Sie Platz. Stört es Sie, wenn Frau Hunt bei unserem Gespräch zugegen ist? Sie ist eine langjährige Mitarbeiterin und hat mein uneingeschränktes Vertrauen.«

»Nein, auf keinen Fall«, sagte Martin, »im Gegenteil, vielleicht kann sie uns auch weiterhelfen.«

Dr. Meinhart hatte hinter seinem Schreibtisch Platz genommen. Er hatte längeres, welliges und schneeweißes Haar – lässig zurückgekämmt, ein schmales, markantes Gesicht, und trug eine randlose Brille.

»Nun, meine Herren, was führt Sie zu mir? Wie kann ich Ihnen helfen? Sie redeten am Telefon von einem Vorgang, der sieben Jahre zurückliegt?«

Martin ergriff das Wort:

»Meine Frau hat mir gestern einen Vaterschaftstest vorgelegt. Sie hat eine DNA-Analyse machen lassen, und der zufolge bin ich der leibliche Vater unserer gemeinsamen Tochter.«

»Sehr schön«, unterbrach ihn Dr. Meinhart, »das freut mich für Sie.«

»Nun ist es so, dass wir unsere Tochter vor sechs Jahren adoptiert, das heißt, angenommen haben …! Die Tochter wurde von einer Frau ausgetragen, die wir nie kennengelernt haben, wir wissen nur ihren Namen. Wir haben allerdings ein Bild von ihr. Wie ist es möglich, dass bei dem Kind, welches wir adoptiert haben, mein genetischer

Fingerabdruck wiedergefunden wurde, das heißt, meine Gene übertragen worden sind?«

Frau Hunt hatte die ganze Zeit schweigend am Fenster auf einem Stuhl gesessen. Sie stand auf, stellte sich neben ihren Chef an den Schreibtisch, und nach einem kurzen Blickwechsel mit ihm sagte sie:

»Sie heißt Daniela Saphzcsenko und kommt aus der Ukraine.«

»Das weiß ich bereits«, sagte Martin.

»Ich sehe ein«, übernahm Dr. Meinhart das Gespräch, »dass es sinnlos ist, Ihnen etwas vorzumachen. Ich bin fast erleichtert – und Frau Hunt auch, wenn wir Ihnen offen und ehrlich reinen Wein einschenken können. Ich werde Ihnen rückhaltlos alles aufdecken. Sollten Sie mich anzeigen wollen, werde ich bedingungslos meine Vergehen eingestehen und stelle mich somit zu Ihrer Verfügung.«

»Wir wollen Sie nicht anzeigen«, sagte Martin, »ich will nur Klarheit haben. Meine Frau hat mich mittlerweile verlassen, hat die Tochter mitgenommen und hat die Scheidung eingereicht, weil sie mir vorwirft, fremdgegangen zu sein. Danach hätte ich meine eigene Tochter adoptiert.«

»Ja, das haben Sie, in der Tat! Es ist tatsächlich Ihre Tochter. Uns und der Praxis ist es vor sechs bis sieben Jahren sehr schlecht gegangen. Immer mehr Konkurrenz – große MVZ's, expandierende ›Kinderwunsch-Kliniken‹. Bei uns war ein junger Arzt aus Kasachstan beschäftigt. Eines Tages kam dieser Arzt zu mir und machte mir folgendes Angebot: Er kenne einen sehr, sehr reichen Mann aus der Ukraine, einen sogenannten Oligarchen, der so viel Geld hätte, dass man davon ganz Griechenland und dazu noch Italien hätte kaufen können. Der Mann, dessen Name natürlich streng geheim bleiben musste, und seine Frau konnten auf keinem erdenklichen Weg Kinder bekommen. Er hätte aber sein gesamtes Imperium verloren, wenn er keinen männlichen Erben hätte präsentieren können … Uns wurden insgesamt 50 000 Euro geboten, wenn wir eine ›In-Vitro-Insemination‹ durchführen würden, das heißt, eine Leihmutter würde das Kind austragen. Uns wurde dann eine junge Frau aus der Ukraine vorgestellt.«

»Lassen Sie mich raten«, fiel Klaus ihm ins Wort, »die junge Frau war Daniela, und das einzupflanzende, sagen wir, Embryo stammte von Ehepaar Dreihoff?«

»Ja, so war's«, sagte Katharina. »Das wollte alles der junge Arzt aus Kasachstan bewerkstelligen, er brauchte nur unsere Zustimmung und ein wenig Hilfe einer medizinisch technischen Assistentin …«

»Und das genetische Material …!«

Dr. Meinhart fuhr fort: »Als Sie damals bei uns waren, haben Sie nach dem ersten Versuch abgebrochen. Ihr Anruf mit Ihrer Absage kam just an dem Tag, als man uns das Angebot gemacht hatte …« Er schaute beschämt auf seinen Schreibtisch und fügte hinzu: »Ich habe dann meine Zustimmung gegeben.«

»Habe ich das richtig verstanden?«, fragte Martin, »das würde ja heißen, nicht nur ich bin der genetische Vater von Julia, sondern auch meine Frau ist die genetische Mutter!«

»Ja, das ist richtig. Wir haben das Zellgut von Ihnen und Ihrer Frau bei Frau Saphzcsenko eingepflanzt, das ist richtig. Es war erst tiefgefroren und dann im ›Brüter‹. Sie hat dann das Kind – Ihre Julia – ausgetragen und zur Welt gebracht.«

»Und die Freigabe zur Adoption?«, fragte Martin, »wie ging das vor sich?«

»Der ukrainische Oligarch hat sich aus dem Staub gemacht, als er wusste, dass es kein Junge werden würde. Hat aber anstandslos bezahlt. Ob er es woanders weiterversucht hat, wissen wir nicht.«

»Und Daniela, was ist mit der?«, fragte Klaus, »ist mit der Kohle abgehauen, oder?«

»Ja«, antwortete Katharina Hunt kurz und bündig, »wie der junge Arzt aus Kasachstan.« So, wie sie das sagte, hörte es sich an, als hätte ihr das besonders leidgetan.

Eine lange Zeit war es mucksmäuschenstill in dem Sprechzimmer. Alle hatten nachdenklich den Blick gesenkt.

»Dann bin ich Ihnen zu enormem Dank verpflichtet«, unterbrach Martin das Schweigen, »meine Frau und ich haben jetzt das allerbeste Kind der Welt. Aber wenn ich überlege, was für ein wahnsinniger Zufall, dass wir gerade unser eigenes Kind adoptiert haben …«

»Das war kein Zufall«, fiel ihm Frau Katharina Hunt ins Wort, »das ist meine Schuld. Das habe ich so gedreht.«

»Wie das denn, wie haben Sie das denn geschafft?«, fuhr Martin herum. Katharina hatte Tränen in den Augen und es platzte alles nur so aus ihr heraus:

»Es hat mir alles so schrecklich leidgetan und ich kam mir so mies vor – es tut mir so leid. Nachdem Sie alle weiteren Versuche abgesagt hatten, haben wir uns gefragt, ob Sie dann wohl adoptieren würden … Wir haben uns immer informiert und dann in Erfahrung gebracht, dass Sie tatsächlich einen Antrag auf Adoption gestellt hatten.« Mit hochrotem Kopf fuhr sie fort: »Ich habe schlichtweg den Adoptionsablauf manipuliert … Richtig kriminell habe ich, mit Hilfe, den Computer im Jugendamt gehackt.« Nachdem sie das gesagt hatte, schluchzte sie ungebremst los. Martin hatte noch nie solche Sturzbäche von Tränen aus einem so kleinen Gesicht laufen sehen.

»Wenn Sie uns anzeigen wollen«, meldete sich da Dr. Meinhart zu Wort und nahm dabei seine Helferin in den Arm, »stehen wir Ihnen zur Verfügung. Ich könnte Sie verstehen.« In der Art, wie er seine Assistentin in den Arm genommen hatte, verstanden Klaus und Martin, dass da mehr war als nur eine gute Zusammenarbeit.

»Nein, das würde doch nichts ändern«, beruhigte sie Martin, »eigentlich bin ich Ihnen ja dankbar. Jetzt muss ich nur noch meiner Frau beibringen, dass ich sie nicht betrogen habe, und mehr noch, dass sie nicht nur die wahre, sondern auch die genetische Mutter von Julia ist.«

Dr. Meinhart war in der Zwischenzeit aufgestanden und zu seinem Schrank gegangen.

»Da kann ich Ihnen vielleicht helfen«, sagte er und reichte Martin ein Papier, »wir mussten unsererseits auch genetische Tests von dem Erbgut beider ›Spender‹ anfertigen lassen, DNA-Analysen. Das ist bei Inseminationen so üblich. Das hier ist ein beglaubigtes Zertifikat. Hier steht das Ergebnis der DNA-Analyse von dem Erbgut Ihrer Frau. Jetzt muss es nur noch mit dem des Kindes verglichen werden. Aber da gibt es ja keine Zweifel. Sie haben dann 100-prozentige Sicherheit.

»Kommst du mit zu Silvia?«, fragte Martin, als sie wieder draußen standen. Er hatte das Zertifikat in der Hand und wedelte damit vor Klaus' Gesicht herum.

»Nein, das tue ich mir nicht an, mein Freund«, antwortete

Klaus, »da musst du jetzt alleine durch. Silvia wird sich freuen, wirst du sehen. Besser, das macht ihr unter euch aus. Ruf mich an.« Und schon war er weg.

Eine halbe Stunde später stand Martin vor Heikes Haus. Auf sein Schellen hin öffnete sich die Tür.

»Du?«, grüßte Heike ihn verblüfft, »du bist ja dreist. Willst du Silvia nicht erst mal zur Ruhe kommen lassen? Die ist am Boden zerstört. Wie konntest du nur …?«

»Hör doch erst mal zu und lass mich rein«, giftete Martin zurück, »gar nichts hab' ich verbrochen. Hier steht es schwarz auf weiß! Und jetzt lass mich endlich zu Silvia!«

Heike ging einen Schritt zur Seite, da tauchte seine Frau auf, gefolgt von Lule, die sich halb hinter Silvia versteckt hielt.

»Was willst du?«, fragte Silvia. Sie sah noch bemitleidenswerter aus als am Vortag.

»Guten Tag, erst mal, guten Tag, Lulchen, oder begrüßt man sich nicht mehr?«

»Ich habe dich gefragt, was du willst.«

»Darf ich vielleicht reinkommen? Ich habe hier wichtige Dokumente«, dabei wedelte er mit den Papieren vor Silvias Gesicht herum.

»Komm rein, du kannst aber nicht lange bleiben.«

Julia hatte sich an Silvia vorbeigemogelt und hatte ihren Vater in die Arme genommen. Sie gingen zusammen ins Wohnzimmer.

»Ich habe seit gestern nichts anderes getan als zu recherchieren, wie das alles möglich ist«, sagte Martin.

»Das weiß ich bereits«, herrschte ihn Silvia an, »oder was hast du jetzt für eine tolle Geschichte auf Lager?«

»Einiges weißt du allerdings nicht! Es stimmt, ich bin

tatsächlich der leibliche Vater von Julia – sie trägt mein genetisches Erbgut in sich.«

»Weiß ich bereits, habe es schließlich selbst herausgefunden!«, unterbrach sie ihn.

»Lass mich ausreden«, ließ Martin sich nicht aus der Ruhe bringen, obwohl ihm speiübel war und er am liebsten losgeheult hätte, »man redet vom sogenannten ›diploiden Genom‹, das heißt, ein Teil kommt vom Vater, also von mir, und der andere Teil von der Mutter – und das bist du, Silvia!«

»Martin!«, mischte sich Heike da ein, »jetzt lass mal die Kirche im Dorf, du spinnst ja komplett. Willst du Silvia völlig verrückt machen? Du siehst doch, wie fertig sie ist. Und jetzt hau ab – geh!«

»Ich werde nur gehen, wenn Silvia und Julia mitkommen, eher kriegt mich hier keiner von der Stelle!«

»Das ist immer noch mein Haus, und wenn ich sage, du gehst, dann gehst du! Sonst hole ich die Polizei!«

Martin blieb ruhig sitzen. Zu Silvia gewandt, sagte er, indem er ihr die Papiere reichte:

»Bitte lies das – es ist ebenfalls eine beglaubigte, zertifizierte DNA-Analyse! Ich habe sie von Dr. Meinhart aus Vellingsten, du erinnerst dich? Das ist deine, Silvia, deine DNA-Analyse! Man muss sie jetzt mit Julias Genom vergleichen. Es ist wahr, wir haben unser eigenes Kind adoptiert! Du bist nach wie vor die Mutter von Julia!«

Julia war vom Sofa aufgestanden und kicherte: »Aber Papa, das weiß ich doch schon lange!«

Die Jacke

Seit zehn Jahren betrieb sie jetzt die kleine Reinigung. Die Kinder waren groß und schon aus dem Haus, ihr Mann den ganzen Tag im Büro. Die Reinigung bestand aus nur einem einzigen kleinen Raum. Auch tagsüber musste man das Licht anschalten. Ein großer, weit vorragender Balkon im Erdgeschoss verhinderte, dass Tageslicht in die Souterrainwohnung gelangte. Es blieb immer gleich dämmerig – man bemerkte nicht die feinen Unterschiede zwischen ein wenig heller und ein bisschen dunkler, nicht, ob draußen die Sonne schien oder es regnete. Durch die beiden schmalen Fenster sah man beinahe ebenerdig auf die Straße. Von den Kunden sah man zuerst nur die Beine, bevor sie die sechs Betonstufen hinunter ins Geschäft stiegen. Im Raum stand ein alter Holztisch, darauf ein Berg Bügelwäsche. Die meisten Wäschestücke bügelte sie selber, zum Waschen hingegen wurden die Sachen früh morgens abgeholt und in eine große zentrale Wäscherei gebracht. Es war nie besonders viel zu tun – so blieb oft Zeit für einen ausgedehnten Tratsch oder für ein Kreuzworträtsel.

Sie blickte kurz von ihrem Bügelbrett hoch aus dem Fenster. Schon wollte sie weiterbügeln, als sie innehielt und genauer auf die andere Straßenseite schaute. Dort stand ein Farbiger – ein junger Mann mit etwas auf dem Arm. Wie angewurzelt stand er da und stierte die ganze Zeit auf die kleine Reinigung. Die Frau kniff die Augen zusammen und musterte den Neger von oben bis unten. Ungepflegt sah er nicht aus – groß gewachsen, schlank, mit schwarzem krausem Haar. Es verging noch eine ganze Weile, dann kam er langsam über die Straße auf das Geschäft zu. Als er die Tür öffnete, erschrak er über das Gebimmel von drei kleinen Glöckchen, die über dem Eingang hingen und seine Gegenwart ankündigten. Jetzt gab es kein Zurück mehr, die Frau von der Reinigung hatte ihn fest im Blick. Mit großen, hilflosen Augen sah er sich in dem düsteren Raum um, dann ging er auf den Bügeltisch zu und fragte:

»Können Sie waschen Jacke?«

»Natürlich können wir das«, antwortete die Frau unwirsch, »sind ja schließlich eine Reinigung.«

»Müssen sein sehr vorsichtig«, ermahnte der junge Mann schüchtern, »ist Wolle aus Eritrea.«

»Wir sind immer vorsichtig«, zischte ihn die Frau an, »auch mit Wolle aus Deutschland.«

»Sie haben Wolle in BRD?«, lächelte der junge Mann freundlich.

Die Frau war dabei, einen Zettel auszufüllen. Hinter der Spalte Wolle machte sie ein Kreuz, und wo sie normalerweise den Namen des Kunden schrieb, kritzelte sie nur »Ausländer«, in der Hoffnung, dass nicht noch weitere kämen. Wegen des sicherlich schwierigen Namens, dachte sie sich.

Sie reckte sich über den Tisch und griff nach der Jacke, die der junge Mann immer noch festhielt. Unwillkürlich ging dieser einen Schritt zurück und drückte die Jacke noch fester an sich.

»Nun geben Sie schon her«, maulte die Frau, »oder soll ich sie Ihnen auf dem Arm waschen?«

»Wann zurück?«, fragte er.

»Schauen Sie in drei bis vier Tagen mal rein«, antwortete die Frau, »vielleicht ist sie dann fertig.«

Der Mann riss entsetzt den Mund auf:

»So lange«, entfuhr es ihm, »so lange?«

»Junger Mann«, erwiderte die Frau barsch über sein erschrockenes Gesicht hinweg, »wir haben doch Sommer – Sie brauchen jetzt doch keine Jacke – bei der Affenhitze!«

»Mir ist kalt hier«, sagte der junge Mann, »ganz kalt.«

Die Frau hörte nicht, was er sagte, schob ihm den Zettel mit dem Kreuz über den Tisch und zerrte ihm die Jacke aus dem Arm.

Seine Hände folgten der Jacke noch unwillkürlich, dann ließ er die Arme mutlos hängen, grüßte und verließ die Reinigung.

Die Frau sah ihm nach – er hatte einen müden schleppenden Gang. Wie verloren stand er jetzt auf der anderen Straßenseite und schaute zurück zur Reinigung.

»Ganz schön allein, der Junge«, dachte die Frau und sah sich die Jacke genauer an, »sehr schöne Handarbeit, muss ein Haufen Arbeit gewesen sein – und mit viel Liebe gemacht.«

Die Jacke war aus dicker weißer Wolle gestrickt. Als Verzierung liefen eine Reihe Mädchen und Jungen Hand in Hand über das Vorderteil und über die Ärmel. Das Hauptmotiv, vorn über der Brust, waren wieder ein Junge und ein Mädchen, die sich im Arm hielten.

»Muss wirklich sehr warm sein, die Jacke«, dachte die

Frau und steckte sie zu den anderen Wäschestücken in den großen Korb.

Früh am Morgen des dritten Tages, die Frau war noch damit beschäftigt, die Rollläden zur Seite zu schieben, stand der junge Afrikaner schon hinter ihr. Ein gewaltiger Schreck fuhr ihr durch alle Glieder, als er so plötzlich bei ihr stand. Sie lief rot an und in den Schläfen pochte das Blut – der gesamte Schädel hämmerte. »Was sag' ich ihm bloß?«, ging es ihr durch den Kopf, »er schien doch so an der Jacke gehangen zu haben. Ob es ihm hilft, dass wir versichert sind? Nein, bestimmt nicht – aber mir …«

»Ist fertig?«, fragte der junge Mann vorsichtig, »Jacke fertig?« Die Frau drehte sich zu ihm um. »Nun, erst einmal sagen wir schön Guten Morgen, nicht?«, belehrte sie ihn, »das tut man bei uns nämlich so – und dann kommen Sie erst einmal herein.« Sie ging auf weichen Beinen vor ihm in den Laden.

»Ist fertig?«, fragte er wieder voller Erwartung, »ist fertig Jacke aus Eritrea?«

»Haben Sie denn überhaupt Ihren Zettel mit?«, fragte die Frau von der Reinigung, »ohne den Berechtigungsschein weiß ich gar nicht, um welches Wäschestück es sich handelt – was war es denn?«

»Dicke Wolle Jacke«, strahlte der Mann sie an, »ist fertig?«

Die Frau stellte sich hinter ihren Tisch und stützte die Arme auf das Bügelbrett. Ihre Hände waren klatschnass – verlegen spielte sie mit den Knöpfen an dem Bügeleisen. Dann sah sie ihm unverwandt in sein dunkles Gesicht.

»Es tut mir leid«, stammelte sie hervor, »mit Ihrer Jacke ist etwas passiert – sie ist fälschlicherweise zu heiß gewaschen worden, war bei Synthetik oder so.«

Der junge Afrikaner starrte sie verständnislos an: »Ist nicht fertig?«

»Nein«, wiederholte die Frau, »sie ist nicht fertig, sie ist kaputt – eingelaufen.«

»Ist morgen fertig?«, fragte der junge Mann und lächelte.

Die Frau wandte sich ab. Sie biss sich auf die Lippen und ging an den Schrank neben der Tür. Dort holte sie aus einem Wäschekorb ein Knäuel verfilzte Wolle.

Zur Unkenntlichkeit verwaschene Farben, in der Größe eines Babyjäckchens, das war alles, was von der Jacke übrig geblieben war. Der Junge und das Mädchen, die sich im Arm hielten, waren auseinandergelaufen.

Fassungslos stand der junge Mann vor dem Tisch und starrte mit offenem Mund auf das Knäuel Wolle.

»Wenn Sie Ihren Zettel noch haben,« sagte die Frau von der Reinigung, »kommt natürlich die Versicherung für den Schaden auf. Wir ersetzen Ihnen den Schaden – Sie haben doch den Zettel noch, oder?«

Der junge Afrikaner antwortete nicht. Um ihn herum war alles ins Nichts versunken – abgestürzt. Er sah die Frau vor sich nicht mehr – er hörte sie nicht mehr. Er nahm den Raum nicht mehr war, er spürte sich selbst nicht mehr. Ein leidvolles Lächeln huschte über sein Gesicht. Ganz nah sah er das Mädchen vor sich, das ihm die Jacke gestrickt hatte, sah ihr hübsches Gesicht, ihre großen verliebten Augen, die ihm alles versprachen, alles – ein ganzes Leben. Er sah ihre Hände, die eine Jacke strickten.

Als sie damals fertig war, hielt sie die Jacke hoch, lachte und legte sie ihm um die Schultern. Er hörte, wie sie sagte:

»Jetzt wirst du nie mehr frieren, auch in Europa nicht.

Und du wirst niemals allein sein. Du musst sie mir nur wiederbringen, versprochen?« Er hatte es ihr versprochen.

Zwei Monate später war der Krieg ausgebrochen. Die Äthiopier waren in das Land eingefallen. Da war er schon in Europa. Sein Dorf war überfallen worden – es gab keine Überlebenden.

»Hören Sie, Mann«, schrie ihn die Frau von der Reinigung an und schüttelte ihn an der Schulter. Sie war völlig erschrocken. »Was ist los mit Ihnen«, rief sie, »geht es Ihnen nicht gut? Die Versicherung regelt das schon, Sie bekommen Ihren Schaden ersetzt.«

Mit unbeweglichem, versteinertem Gesicht nahm der junge Afrikaner das Wollknäuel an sich und steckte es unter seinen Arm. Dann holte er den Zettel aus der Tasche, legte ihn wortlos auf den Tisch und verließ ohne Gruß das Geschäft.

Als die Frau von der Reinigung am nächsten Morgen am Frühstückstisch saß, reichte ihr ihr Mann die Zeitung mit den Worten: »Sollen doch zu Hause bleiben, wenn's ihnen hier zu kalt ist.« Als sie daraufhin die Zeitung durchblätterte, fiel ihr Blick auf einen kleinen Artikel auf der letzten Seite. Ein junger Afrikaner war aus dem Leben geschieden. In seinem Zimmer hatte man einen Zettel gefunden. Darauf stand: Mir ist so kalt hier!

Der Wettlauf

Die fünf Athleten standen vor ihren Aufgaben. Große, kräftig gebaute Hünen, deren im Rampenlicht glänzende, mit Öl eingeriebene Muskeln vor Anspannung zu platzen drohten. Die gewaltigen Muskelpakete zuckten ungeduldig im gleißenden Licht der Scheinwerfer, während die Sportler unruhig von einem auf den anderen Fuß sprangen. Die fünf Männer sahen sich alle zum Verwechseln ähnlich. Um sie auseinanderhalten zu können, hatte man ihnen große Zahlen auf Brust und Rücken geklebt. Vor jedem der Kontrahenten waren enorm große, runde, käfigartige Laufräder aus Stahl aufgebaut. Jedes war, mittels gut geschmierter Kugellager, in einem riesigen Standgerüst, ebenfalls aus stabilstem Stahl, aufgehängt. Die gesamte Konstruktion war mit tellergroßen Stahlschrauben und stiefelgroßen Dübeln auf einem Betonsockel befestigt. Die fünf Käfige hatten jeweils eine Tür, durch welche die Athleten einstiegen. Hinter ihnen wurden die Türen fest verriegelt. Einer der Männer fing sofort an, in die Eisen zu treten, und wollte losrennen, als eine schrille Sirene erklang. Eine blecherne Stimme herrschte ihn an, sofort stehen zu bleiben und weitere Anordnungen abzuwarten. Vor den großen Laufrädern erschien nun ein Schiedsrichter mit einem Megaphon in der Hand:

»Geduld, Geduld, meine Herren, noch ein bisschen Geduld, gleich geht's los«, schrie er in das Mikrophon. Dann wandte er sich an das Publikum, das rings um die zentrale Manege schon ungeduldig aufgeregt auf den Beginn der Spiele wartete:

»Meine sehr verehrten Damen und Herren, liebes Publikum und alle, die uns zugeschaltet sind. Ich begrüße Sie aufs herzlichste zu den diesjährigen Wettlaufspielen, wie schon in den letzten Jahren. Die Spiele erfreuen sich wachsender Beliebtheit, mittlerweile in der ganzen Welt.« Dabei zeigte er mit ausgestrecktem Arm in die Runde, wo überall unzählige Kamerateams mit noch mehr Scheinwerfern standen.

»Unsere Spiele werden in die gesamte Welt übertragen und überall sitzen nun die Menschen vor ihren Fernsehgeräten, Computern, Laptops und so weiter, wenn sie nicht gerade hier bei uns sind.« Ein satanisches Lachen krächzte durch das Megaphon. An die fünf Sportler in ihren Käfigen gewandt, fuhr er fort:

»Nun zu Ihnen, meine Herren, gleich kann es losgehen!« Die Sportler würdigten sich untereinander keines Blickes. Gebannt starrten sie auf den schmalen, hölzernen Laufsteg zu ihren Füßen, mit dem der Käfig im Mittelstreifen ausgelegt war. Sie schwitzten schon, noch bevor es losgegangen war, Schweißperlen tropften von ihren roten Gesichtern.

»Auch, wenn ich davon ausgehen darf, dass jeder von Ihnen die Spielregeln beherrscht, will ich sie noch mal kurz erläutern. Wenn gleich die Fanfare erklingt, laufen Sie in Ihren Rädern los, als wäre der Teufel hinter Ihnen her …!« Das Megaphon verstärkte sein Lachen zu einem schrillen Kreischen. Das Publikum tobte.

Man hörte vereinzelt Rufe wie: »Los jetzt, ihr faulen Hunde!«, oder: »Nicht einschlafen!«. Der Schiedsrichter winkte in die Menge und in die Fernsehkameras, mit einem diabolischen Grinsen.

»Ja, verehrtes Publikum, gleich geht es los. Und Sie, meine Herren, passen Sie bitte auf, dass Sie während des Laufes nicht vom Holzweg abkommen«, er lachte schrill, »wenn Sie daneben treten, rutschen Sie zwischen die Gitterstäbe und werden sich unweigerlich verletzen. Also bitte, aufgepasst, wir wollen doch lange Spaß an diesen Spielen haben.« Das Publikum schrie und trampelte mit den Füßen, Pfiffe zerschnitten die Arena.

»Derjenige, der als erster die rote Linie dort auf dem Boden erreicht, hat gewonnen und wird sich glücklich schätzen können, in die Sportgeschichte einzugehen. Möge der Beste gewinnen. Ich wünsche Ihnen viel Glück! Fünf Schiedsrichter werden alles höchst kritisch überwachen. Warten Sie jetzt auf die Startfanfare!«

In diesem Moment wurde es mucksmäuschenstill. Kein einziges Geräusch war zu hören. Man wagte kaum zu atmen. In der Arena wurde es dunkler, nur in der Mitte der Manege waren die fünf Käfige, mit den Athleten darin, von den Strahlern in grelles Licht getaucht.

Dann durchbohrte ein lang anhaltender, tief dröhnender Ton die Stille.

Sofort ging es los. Die Sportler rasten los und auf den Rängen war das Publikum nicht zu bremsen. Die Zuschauer waren allesamt aufgesprungen und schrien wild durcheinander. Ein jeder feuerte seinen Favoriten an, indem er die jeweilige Nummer in die Menge schrie. Vereinzelt gab es auf den Rängen Raufereien.

Unten drehten sich derweil die Stahlräder, erst langsam und behäbig, dann kontinuierlich immer schneller werdend. Schließlich drehten sich die Käfige derart schnell, dass man die einzelnen Gitterstäbe nicht mehr sehen konnte, und es schien, als liefen die Sportler auf einem schwebenden Holzring. Für die Athleten war es nun weniger anstrengend als zu Beginn – sie wurden schneller und schneller. Bäche von Schweiß flossen an ihren Körpern hinunter, die Gesichter glänzten hochrot. Man konnte sie keuchen hören. Das Publikum hörte nicht auf zu schreien und zu toben, als einem der fünf ein fataler Fehler unterlief. Er war von der mittlerweile nassen Holzbahn abgerutscht und mit dem Fuß durch die Gitter geraten. Das Rad drehte zunächst mit fast unverminderter Geschwindigkeit weiter und schleuderte den in den Streben hängenden Athleten weiter und weiter durch den Käfig, bis es endlich langsamer wurde und am Schluss mit dem leblosen und blutüberströmten Körper noch eine Weile hin und her pendelte.

Das Publikum kreischte, schrie noch lauter und klatschte in die Hände. Alle waren aufgesprungen und hüpften wild auf ihren Bänken herum.

Die verbleibenden Sportler liefen unbeeindruckt weiter. Keiner sah zur Seite. Der Stadionsprecher erklärte den Zuschauern das Vorgefallene.

»Nun ist es doch passiert, Nr. 3 ist ausgefallen!« Von den Rängen kamen vereinzelte Buh- und Pfuirufe sowie Pfiffe.

»Da kommt jetzt jede Hilfe zu spät, konzentrieren wir uns auf unsere anderen vier tapferen Kämpfer!«

Unbeirrt liefen die weiter, schneller und schneller. Aber es dauerte nicht lange, bis dem nächsten Athleten ein Unfall passierte. Er war gestolpert und mit beiden Armen nach vorn zwischen die Gitterstäbe geraten. Ebenso wie sein Konkurrent erging es ihm nicht besser. Er wurde eine ganze Zeit lang durch den Käfig gewirbelt, bis auch er leblos liegen blieb.

»Leider, liebes Publikum«, tönte es aus den Lautsprechern, »leider ist auch Nr. 4 ausgefallen. Das erhöht die Chancen der verbleibenden, eisernen Jungs. Feuern wir sie an!«

Nr. 1, Nr. 2 und Nr. 5 rasten weiter um die Wette. Kurze Zeit darauf fiel auch Nr. 2 auf eben die gleiche Art und Weise aus, sowie darauf auch Nr. 3. Nur Nr. 5 war übriggeblieben und rannte ohne nach links oder nach rechts zu sehen weiter. Die Menge tobte und klatschte im Takt. Nr. 5 gab alles, bis er sich plötzlich an die Herzgegend griff, zu Boden sackte und weiter durch den Käfig geschleudert wurde, bis auch das fünfte Rad, langsam auspendelnd, zum Stillstand kam.

Die Stimmung im Publikum kochte fast über. Erst als der Stadionsprecher in die Manege trat, flaute das Geschrei allmählich ab:

»Verehrtes Publikum, unsere Spiele sind nun leider zu Ende! Ich hoffe, es hat Ihnen gefallen! Ich verkünde hiermit das offizielle Resultat des diesjährigen Wettrennens. Leider hat auch dieses Jahr keiner der Teilnehmer die rote Linie überfahren, somit gibt es wiederum keinen Sieger. Wir danken Ihnen für Ihr Kommen und für Ihr reges Interesse an unseren Spielen. Mein Gruß geht an Sie hier im Saale und hinaus in die Welt, wo immer Sie uns zugeschaut haben mögen. Auf ein Wiedersehen im nächsten Jahr!«

Der Igel

Langsam verschwimmt vor mir die Autobahn. Kaum schaffe ich es, den Wagen geradeaus zu steuern. Es ist nicht mehr weit bis zur Ausfahrt Unna Ost.

Fast unmerklich quellen mir Tränen aus den Augen, rinnen mir die Wangen hinunter und verschleiern mir die Sicht.

Im Radio hieß es nur: »Vorsicht auf der A 44 – Dortmund Kassel, zwischen Anschluss Holzwickede und Unna ...«

Eine Baustelle – wie viele und wie überall.

Ich hörte die Warnung im Radio, aber es war schon zu spät, ich konnte die Abfahrt Holzwickede nicht mehr benutzen, nicht ausweichen. Ich stand schon im Stau. Eine Baustelle, wie im Radio erklärt wurde. Die linke Fahrbahn war gesperrt, nur auf der rechten Fahrbahn quälte sich der Verkehr mühsam und langsam durch die Engstelle. Man hatte gelbe Streifen auf die Straße geklebt, um den Verkehr einspurig fortzuleiten. In der Mitte der Autobahn waren massive Betonblöcke in Reih und Glied aneinander befestigt und teilten die Fahrbahn.

Es gab keinen Zweifel, hier konnte man nicht mehr ausweichen. Ich stand also eingepfercht in der blechernen Karawane und wartete, dass es vor mir weitergehen möge.

In diesem Moment sah ich einen kleinen Igel. Er hatte es irgendwie geschafft – wie auch immer – die Fahrbahn halb zu überqueren. Wahrscheinlich war er von rechts aus dem Gebüsch oder aus den Wiesen längs der Autobahn gekommen und wollte irgendwohin … Während ich im Wagen saß, musste ich mit ansehen, wie er verzweifelt versuchte, die steile Betonbarriere, welche die Fahrbahn hermetisch absperrte, hochzukriechen. Immer wieder rutschte er zurück. Aber unermüdlich stellte er sich immer wieder auf seine kurzen Hinterbeinchen, kratzte mit den vorderen Füßchen an der steilen Betonwand und versuchte, sich hochzuziehen. Hinter ihm schlich eine gefährliche Schlange giftiger Automobile vorbei – Rückkehr unmöglich!

Ich weiß nicht, was mich letztendlich dazu bewogen hat, die Warnblinkanlage einzuschalten und rechts auf den Seitenstreifen zu fahren. Ich stellte den Motor ab und stieg aus. Es wurde mir ein wenig mulmig zumute – an mir schoben sich gefährlich röhrende Giganten vorbei. Man konnte unmöglich abschätzen, wann gerade einmal eine günstige Lücke entstand, um hinüberzugelangen. Ich musste irgendwie die Fahrbahn überqueren! Ich fing an, zu winken und Gesten zu machen, um zu signalisieren, dass ich unbedingt auf die andere Straßenseite müsse, aber ich wurde komplett ignoriert. Man schaute an mir vorbei.

Einige Autofahrer machten sich an dem Navi-System zu schaffen, wieder andere suchten gerade einen anderen Sender im Radio …

Als gerade, in einem günstigen Augenblick, ein LKW nur langsam anfuhr und träge ins Rollen kam, huschte ich hinüber, überquerte die halbe Fahrbahn und erreichte die Betonbarriere in der Mitte der Autobahn. Der Igel versuchte verzweifelt, auch vor mir zu fliehen und wegzulaufen. Er kratzte weiterhin unermüdlich an der Betonwand mitten auf der Autobahn. Ich versuchte, beruhigend auf ihn einzureden, und näherte mich ihm Schritt für Schritt. Er verstand mich wohl nicht, und um uns herum fingen die Autos an zu hupen. Wirklich gestört haben wir beide eigentlich niemanden, aber es gab ein wahres Hupkonzert. Völlig orientierungslos trippelte der kleine Igel plötzlich los. Erst in die eine Richtung, von mir weg, immer so nah wie möglich an der Betonwand entlang – dann abrupt in die Gegenrichtung, und wollte zuletzt quer über die Autobahn. Ich machte einen reflexartigen Schritt vorwärts und versuchte, ihn mit meinem Fuß noch zu stoppen. Er sprang mir fast auf den Schuh, aber da hatte ich ihn auch schon zu fassen bekommen. Er kugelte sich sofort ein, und ich spürte seine Stacheln in meiner Hand.

Ich stand mitten auf der Autobahn – der Verkehr rauschte mittlerweile wieder an mir vorbei –, mit einem kleinen Igel auf dem Arm.

Ich musste irgendwie auf die andere Straßenseite gelangen, zu meinem Wagen. Der Stau hatte sich anscheinend aufgelöst, der Verkehr lief wieder flüssig an mir vorbei.

Von Zeit zu Zeit zeigten mir einige Autofahrer einen Vogel oder einen Stinkefinger, weil ich da so verloren mitten auf der Autobahn stand und anscheinend irgendetwas in der Hand hielt. Manche hupten oder schimpften durch die geschlossenen Scheiben hindurch.

Erst nach endlos langer Zeit gelang es mir, eine Lücke im Verkehr auszunutzen, um auf die andere Straßenseite zu gelangen. Der kleine Igel hatte inzwischen meine Hände malträtiert und blutig zerstochen. Vielleicht hatte ich ihn zu fest an mich gedrückt. Jetzt, endlich in Sicherheit, auf der anderen Straßenseite, setzte ich ihn behutsam ins Gras. Ich wollte gerade zu meinem Wagen gehen, als ich sah, dass er wieder die falsche Richtung eingeschlagen hatte. Er bewegte sich nicht in Richtung Wald, sondern wollte wieder in Richtung Autobahn entwischen.

Instinktiv machte ich wieder einen Sprung nach vorne und versuchte, ihn noch zu retten, sprang auf die Fahrbahn …

Der Autofahrer hatte keine Schuld! Er konnte nicht damit rechnen, dass plötzlich jemand auf die Fahrbahn sprang, und das noch ohne triftigen Grund. Ich ließ den Igel los und wich erschrocken zurück.

Mit quietschenden Reifen kam der Wagen kurz vor mir zum Stehen. Ich sah noch das wütende Gesicht des Fahrers, der wild gestikulierend vor sich hin schimpfte.

Was aus dem Igel geworden ist, weiß ich nicht. Ich bin zu meinem Wagen zurückgegangen und weitergefahren – immer geradeaus und entlang der Betonbarriere …

Der Weihnachtskalender

Christina war ein sehr armes Mädchen. Es hatte keine Eltern mehr und wuchs in einem Kinderhaus auf.

Die Erzieherinnen waren sehr streng und schimpften viel. Schon morgens vor sechs Uhr mussten die Kinder aufstehen, sich waschen und anziehen, ihre Betten machen und ihre Kammern putzen. Und wehe, auf der Bettdecke sah man eine wenn auch nur noch so winzige Falte, oder auf dem Fußboden lag noch ein einziger Krümel. Dann nämlich mussten die Kinder auf den Knien das ganze Zimmer noch einmal fegen und wischen. Und noch vor dem Frühstück mussten die Kinder in der Waschküche hart arbeiten. »Glaubt ihr vielleicht«, schrie eine der Erzieherinnen, »ihr bekommt euer Frühstück umsonst? Los, an die Arbeit, und das ein bisschen dalli!«

Das Frühstück bestand aus einer Tasse warmem Tee und einem Stück hartem Brot.

Erst dann gingen die Kinder in die Schule. Christina hatte einen weiten Weg. Den Berg hinunter, auf dem das Kinderhaus lag, dann durch die ganze Stadt, und dann noch ein ganzes Stück, immer geradeaus.

Es war Ende November, nass und kalt. Der Nebel hing in den Altstadtgassen wie ein aufgeschütteltes Federbett. Christina fror.

Sie hatte nur eine dünne Jacke an – die einzige, die sie besaß.

In der Schule war es zumindest wärmer – sie ging gerne in die Schule. Dort gab es in der zweiten Pause einen Becher Milch.

Plötzlich, noch ganz in ihren Gedanken versunken, sah sie nicht weit vor sich einen alten Mann, der an eine Häuserwand gelehnt auf der Straße hockte. Er war in Lumpen gekleidet, und vor ihm auf dem Boden stand ein zerlumpter, verbeulter Hut.

»Eine milde Gabe, bitte, mein Fräulein«, flehte der alte Bettler, »ich habe Hunger.«

»Das habe ich auch«, antwortete das Mädchen, »ich habe nichts, was ich dir geben könnte.« Sie fasste mit der Hand in ihre Jacke, hielt einen Moment inne und sagte: «Doch, etwas hab' ich – ist aber nur ein Stück trockenes Brot. Willst du?« Sie hielt dem alten Mann das Stück Brot hin, lächelte und sagte: «Nimm ruhig, ich habe schon gegessen.«

Der Bettler streckte seine knöcherne, dürre Hand nach dem Brot aus, nahm es in beide Hände und begann sofort, daran zu knabbern.

»Ich danke dir, mein Kind, von ganzem Herzen«, bedankte sich der Alte, »du bist ein gutes Kind.« Christina sah, wie seine Hände zitterten.

Ohne sich noch einmal umzudrehen, rannte das Mädchen weiter. Es war schon spät, und Unpünktlichkeit wurde in der Schule bestraft. Man musste dann draußen auf dem Schulhof die nächste Stunde abwarten – ganz gleich, welches Wetter herrschte, auch bei Schnee und Regen, und wenn es noch so kalt war.

Den ganzen Tag über hatte das Mädchen den alten Bettler

völlig vergessen, aber als sie sich am nächsten Morgen auf den Schulweg machte, fiel ihr der alte Mann wieder ein. Eilig ging sie ihres Weges. Irgendetwas in ihr sagte, dass der Bettler wieder dort sitzen und auf sie warten würde. Er war ihr in keiner Weise unheimlich, noch hatte sie Angst vor ihm, obwohl er so zerlumpt aussah. Als sie in die enge Gasse bog, in der der Bettler am Vortage gesessen hatte, war alles leer. Niemand saß dort auf dem kalten Boden, keiner, der auf sie gewartet hätte.

Ist auch besser so, dachte das Mädchen, wenn er mich gefragt hätte, ob ich etwas zu essen für ihn hätte …

»Mein liebes Kind«, sprach sie urplötzlich jemand an, »hast du etwas zu essen für mich?« Christina erschrak zu Tode, sie hatte niemanden gesehen, und jetzt plötzlich saß er wieder da, der alte Mann von gestern. Genauso wie am Vortag saß er auf dem Boden, den verbeulten Hut vor sich, und schaute sie mit großen Augen an.

»Ich, ich«, stammelte Christina, »ich hab' Sie gar nicht gesehen.«

»Viele Leute übersehen mich, mein Kind«, antwortete der Alte, »nur zu viele gehen an mir vorüber. Hast du etwas zu essen für mich?«

Erschrocken griff Christina in ihre Jacke. Man hatte ihr für die Schule eine Mandarine mitgegeben. Die gab sie jetzt dem alten Mann.

»Mehr hab' ich leider nicht«, sagte sie traurig, »lassen Sie es sich schmecken.« Dann lief sie schnell weiter in die Schule.

Am dritten Tag beeilte sie sich noch mehr, in die Schule zu kommen. Würde der alte Mann wieder dort sein, und auf sie warten? Er war so freundlich und liebenswürdig zu ihr wie sonst keiner auf der Welt. Als sie in die schmale Gasse bog, war sie erleichtert. Er war da! Saß dort auf dem kahlen Boden, wie an den Tagen zuvor – der verbeulte Hut vor ihm.

Diesmal wartete Christina nicht auf seine Bitte, ohne zu zögern gab sie ihm den Apfel, den man ihr mitgegeben hatte, und sagte: »Ist wieder nicht viel, aber wohl bekomm's!«

Der Bettler bedankte sich höflich, sah dann dem Mädchen fest in die Augen und fragte: »Warum tust du das?«

Christina merkte, wie sie rot im Gesicht wurde, und mit gesenktem Haupt antwortete sie leise: »Weil ich mich jeden Tag freue, Sie zu sehen. Hab' sonst keinen, der nett zu mir ist.«

Abrupt drehte sie sich um und lief, so schnell sie konnte, davon. Sie hörte noch, wie ihr der alte Mann nachrief: »Zu mir sind die Leute auch nicht mehr nett!«

Am nächsten Tag, kaum war sie wach geworden, freute sich Christina, auf den alten Bettler. Schon von Weitem sah sie ihn, wie er da auf dem Boden hockte. Diesmal winkte er ihr freundlich zu und lachte: »Was hast du denn heut Schönes für mich?«

Christina erblasste, daran hatte sie gar nicht mehr gedacht, man hatte ihr heute für die Pause nichts mitgegeben. Enttäuscht antwortete sie: »Tut mir schrecklich leid, aber heute habe ich nichts für Sie – vielleicht morgen wieder.«

»Wirklich gar nichts?«, forschte der Alte eindringlich nach, »wirklich gar nichts – auch kein Geld?«

Christina zuckte zusammen und starrte den Bettler mit weit offenem Mund an.

»Ich habe nichts zu essen für Sie«, stotterte sie, »ich habe nur das Milchgeld für diese Woche bei mir, das muss ich heute abgeben.«

»Gib es mir!«, befahl da der alte Mann mit unerwartet hartem Ton, »gib es mir, los! Oder noch besser«, fuhr er fort und seine Stimme klang eiskalt, »besser, du gehst und kaufst mir von dem Geld ein Brot. Tu, was ich dir sage! Geh und hole mir ein Brot!« Christina rollten dicke Tränen über die Backen, und mit weichen Beinen lief sie in den nächsten Bäckerladen und kaufte ein halbes Brot – für mehr reichte das Geld nicht. Sie schaute gar nicht mehr auf, als sie ihm das halbe Brot reichte – zutiefst enttäuscht, wie mitten ins Herz getroffen, wollte sie sich abwenden und fortlaufen, als sie hörte, wie er mit seiner plötzlich wieder warmen und freundlichen Stimme sagte: »Danke, mein Kind, ich danke dir von Herzen.«

Kraftlos, und immer noch weinend, schlich das Mädchen die Stufen zu ihrer Schule hoch. Wie sollte sie erklären, dass sie das Milchgeld nicht mehr hatte …?

»Dein Milchgeld, Christina!«, mahnte die Lehrerin, »dein Milchgeld – bring es mir bitte nach vorne!«

Christina saß in ihrer Bank und rührte sich nicht. Mit gesenktem Kopf starrte sie zu Boden und sagte keinen Ton.

»Christina!!«, schrie jetzt die Lehrerin, »ich rede mit dir!«

Das Mädchen saß in sich zusammengesunken, mucksmäuschenstill, auf seinem Platz.

Die Lehrerin tobte vor Wut: »Wo ist dein Milchgeld, hab' ich dich gefragt – ich weiß, dass man es dir mitgegeben hat!« Christina saß bewegungslos in ihrer Bank und weinte, ohne dass es jemand sah, still vor sich hin. »Wenn du es also nicht mehr hast«, wetterte die Lehrerin weiter, »bedeutet das, dass du es für Süßigkeiten verschnuckert hast.

Wenn du es bis morgen nicht bezahlst, werde ich es deiner Rektorin melden – du weißt, was dann passiert.« Christina wusste nur zu gut, was dann passieren würde – gar nicht auszudenken …

Am nächsten Morgen trottete das Mädchen, nach schlafloser Nacht, mutlos und enttäuscht durch die Altstadtgassen zur Schule. Heute freute sie sich nicht – nicht auf den alten Bettler, über gar nichts mehr. Wie sollte sie das Milchgeld wiederbeschaffen?

Aber da saß er wieder, der alte Mann, an die Hauswand gelehnt, mit dem Hut vor sich auf dem Boden.

»Hast du etwas zu essen für mich?«, fragte er mit sanfter Stimme.

Ohne ein Wort zu sagen, griff Christina in ihre Jacke und gab ihm den Zwieback, den sie mitgenommen hatte. Sie schaute nicht einmal hoch, so traurig war sie, und wollte gerade weitergehen, als der alte Bettler plötzlich sagte: «Schau her, mein Kind, heute habe ich etwas für dich!«

Unter seinem zerfledderten Mantel zog er langsam etwas großes Buntes hervor. Christina staunte mit weit aufgerissenen Augen. Was war das, ein Buch, ein dickes, buntes Buch?

»Hier, mein Kind«, sagte der alte Mann, »hier habe ich etwas für dich. Es ist ein Weihnachtskalender! Ab heute darfst du jeden Tag ein Fensterchen aufmachen, aber passe gut auf: jeden Tag nur ein Fensterchen!«

Christina brachte keinen Ton heraus. Ihre Augen strahlten, und noch bevor sie sich bedanken konnte, sprach der Bettler zu ihr: »Du bist ein guter Mensch – bleibe so!«

Jetzt erst fand das Mädchen ihre Stimme wieder: »Vielen, vielen Dank, mein Herr – so etwas Schönes habe ich noch nie gehabt!«

Den Weihnachtskalender fest vor die Brust gepresst, machte sie sich weiter auf den Weg zur Schule. Kurz vor dem Schulhof wollte sie den Kalender in ihre Schulmappe stecken, als ihr einfiel, dass genau heute der erste Dezember war. Also durfte sie schon das erste Fensterchen aufmachen! Mit kalten, klammen Fingern, die vor Aufregung zitterten, öffnete sie das kleine Fensterchen.

Was war das? Christina traute ihren Augen nicht. Hinter dem Türchen lag, fein säuberlich, genau abgezählt, das Milchgeld!

Dem Mädchen fiel ein Stein vom Herzen, sie konnte es gar nicht fassen! Wie war das möglich?

Als Christina die Klasse betrat, war sie immer noch fassungslos, sie konnte absolut nicht begreifen, was passiert war. Viel Zeit zum Grübeln blieb ihr nicht, denn schon war die Lehrerin auf sie zugekommen und fragte mit barschem Ton: »Nun, Christina, hast du dein Milchgeld?«

Christina gab es ihr, ohne etwas zu sagen. Mit großen, glasigen Augen sah sie die Lehrerin verschwommen vor sich stehen.

»Da hast du ja noch mal Glück gehabt!«, sagte diese und setzte sich ans Pult.

Am nächsten Morgen konnte es Christina kaum erwarten, das zweite Fensterchen aufzumachen. Aber sie riss sich zusammen und nahm sich vor, erst in der engen Gasse, bei dem Bettler, das Fensterchen zu öffnen. So konnte sie sich gleich noch mal bei ihm bedanken. So schnell wie an diesem Morgen war sie noch nie mit ihrer Arbeit fertig geworden, und so schnell hatte man sie noch nie zur Schule rasen sehen. Als Christina in die Gasse einbog, blieb sie enttäuscht stehen. Die Straße war leer. Kein Mensch war zu sehen. Der alte Bettler saß nicht auf seinem Platz. Traurig nahm Christina die Schulmappe von ihren Schultern und holte den Weihnachtskalender heraus. Sie öffnete behutsam das zweite Kläppchen und musste lachen, als sie entdeckte, was sich dahinter verbarg: zwei winzige Mandarinen lagen darin!

So ging es weiter, Tag für Tag. Einmal lagen zwei Lebkuchenherzen hinter dem Türchen, oder ein andermal zwei kleine Brote.

Einen Tag machte Christina das Fensterchen auf und fand einen Apfel. Jeden Tag dachte sie an den alten Mann. Schade, dass er nicht mehr auf sie in der engen Gasse wartete, sie hätte so gerne mit ihm geredet! An diesem Tag fiel Christina etwas Merkwürdiges auf. Zuerst konnte sie es nicht glauben. Waren es nur 23 Fensterchen? Sie zählte noch einmal: 1. 2. 3. 4 …, bis 23!

Und noch einmal! Sie zählte und zählte – immer nur bis 23! Was sollte das bedeuten, fragte sich das Mädchen, wo doch gerade am 24. Dezember Heiligabend war! Christina fand keine Erklärung und machte weiter jeden Tag ein Fensterchen auf. Sie fand viele Leckereien, einmal Spekulatius, ein andermal Zuckerwatte …

Am Morgen des 24. Dezember wurde Christina schon sehr traurig wach. Heute kein Fensterchen!, fuhr es ihr gleich durch den Kopf. Der Weihnachtskalender war leer – zu Ende. Das 24. Fensterchen fehlte.

Enttäuscht saß sie in ihrer Kammer. Draußen im Hof stand ein Auto, das sie hier noch nie gesehen hatte. Daneben sah sie die Rektorin. Sie redete mit zwei Leuten. Einer jungen Frau und einem Mann. Die drei kamen, weiter miteinander redend, auf die Schlafbaracken der Kinder zu. Als sie nahe genug waren, rief die Rektorin: »Christina, mach das Fenster auf!«

Christina öffnete verängstigt das Fensterchen ihrer Kammer.

»Das ist Christina!«, sagte die Rektorin, und zu dem Mädchen gewandt fuhr sie fort: »Dies sind Herr und Frau Bettelmann. Sie möchten dich eventuell als ihre Tochter annehmen.«

Der Mann hatte sich näher ans Fenster gestellt, lächelte Christina freundlich an und sagte: »Guten Tag, mein Kind! Es wäre uns eine Freude, wenn du mit uns Weihnachten feiern würdest – willst du?«

»Und ob ich das möchte!«, strahlte Christina über das ganze Gesicht, »sehr gerne«, sagte sie. Sie öffnete das Fenster ihrer Kammer ganz weit und lehnte sich hinaus. Ein Gedanke schoss ihr durch den Kopf: Das war das 24. Fensterchen!

Mit dem Gesicht nach unten

Ein Mann steht an der Theke. Er hält sich fest an dem Messinggeländer, das dafür da ist, dass man sich an ihm festhält. Für Männer, die an der Theke stehen und sich festhalten müssen. Männer, die ihren Beinen nicht mehr trauen können. Sie stehen da an der Theke, halten sich fest und warten. Warten auf das, was sie bestellt haben, und haben schon längst vergessen, dass sie etwas bestellt hatten. Dann wird der Wein über die schmierige Theke geschoben und man weiß wieder, warum man dort steht und wartet – warum man sich an dem Messinggeländer festhält.

Eine Hand löst sich vom Geländer und riskiert einen kurzen umständlichen Flug zum Glas. Eine eher kreisende Bewegung, weit ausholend, als wolle man etwas einfangen.

Draußen ist es kalt, es regnet. Auf den Fußboden der kleinen Taverne hat der Wirt Sägemehl gestreut. Der Raum ist verqualmt und muffig – Rauch beißt in den Augen, dass es schmerzt. Es ist die einzige Bar im Viertel, die noch aufhat. Nur noch schnell ein Glas und noch ein paar Menschen sehen, die auch nicht schlafen können. Ich stelle mich neben den Alten an die Bar. Kurz dreht er mir sein zerfurchtes verwelktes Gesicht zu – einen Augenblick sehe ich seine Augen. Sie sind rot, seine Hand mit dem Weinglas zittert.

Aber da ist noch mehr in diesen Augen. Nicht nur Rot, sondern eine wässrige, fast farblose Leere. Eine Augenfarbe, die es nicht gibt, mit der man nicht geboren wird. Man bekommt sie erst nach einem langen Leben, diese Augen. Augen, die auf nichts mehr warten.

Der Alte wankt mit dem Glas in der Hand zu einem Tisch.

Karten liegen noch verstreut darauf – Karten mit Bildern und Zahlen. Bis eben hatte man noch gespielt und auf Trümpfe gehofft. Jetzt liegen die Karten da – mit dem Gesicht nach unten. Die Trumpfkarten hatte wieder keiner bekommen. Der alte Mann sitzt am Tisch und schaut sich die Karten an – ein Leben lang gespielt und nie waren es die richtigen Karten gewesen.

Bilder, viele Bilder hatte es in seinem Leben gegeben – wenige Trümpfe, und die alle wieder verloren.

Wie die schöne Königin oder den netten Buben. Der Alte starrt lange auf jede einzelne Karte, dann legt er sie auf den Tisch, mit dem Gesicht nach unten.

Das Spiel war aus – zu Ende. Niemand spielt hier mehr.

Keine Trümpfe. Seine Königsdame war schon lange tot und der Bube, sein Junge, war im Krieg gefallen.

Der alte Mann trinkt seinen Wein aus und wendet mir den Kopf zu. Er blickt mich direkt an, aber er sieht mich nicht.

Er scheint durch mich hindurchzuschauen. Ich bin zu jung für seine Augen. Diese Augen haben junge Männer sterben sehen, die jünger waren als ich. Sie haben gesehen, wie man stirbt, wenn man noch jung ist – haben gesehen, was Augen sagen, wenn sie sterben und noch jung sind. Sie haben lautlose Schreie gesehen in Augen, die noch jung waren und nicht sterben wollten. Und in all diesen Augen immer wieder dieselbe Frage: warum?

Das Weinglas des Alten ist leer. Seine weiten glasigen Augen starren wieder auf das Kartenspiel, das auf dem Tisch liegt und ausgespielt hat – mit dem Gesicht nach unten.

Die dürre faltige Hand des Alten löst sich vom Tisch und ergreift die Karaffe Wein. Ohne einen Tropfen zu verschütten, gießt er sich ein und führt das Glas langsam zum Mund.

Ein Mund, der zahnlos ist – der nicht mehr beißen will und nicht mehr lachen kann.

Unverständlich stammelt er einige Worte vor sich hin.

Lehrer sei er gewesen – ohne den Kindern je etwas beigebracht zu haben. Sie schlügen sich immer noch …

Und von einer Frau lallt er, seiner Frau. Eine gute Frau, und von seinen Kindern. Aber der Bube liegt mit dem Gesicht nach unten – da, wo man ihn erschossen hat. Roberto, seine Trumpfkarte. Die anderen Karten wären keine Trümpfe, sie hätten ihn vergessen. Sie spielten nicht mit ihm. Sie würden ihn nicht mehr kennen – wüssten nicht, in welcher Bar er jetzt wohnte.

Seine Hände gleiten über den Tisch, suchen nach den Karten.

Eine nach der anderen dreht er sie um und nimmt sie hoch.

Bei der Dame hält er inne. Seine Königin – auch Trümpfe seien vergänglich – und dann auch keine Trümpfe mehr.

Man versteht nicht mehr, was er stammelt. Die Karaffe ist leer. Er hat den Kopf auf den Tisch gesenkt – zu den Karten auf dem Tisch, an dem nicht mehr gespielt wird. Das Spiel ist zu Ende.

Ich gehe zu ihm und will ihm aufhelfen. Seine Augen sind starr und weit geöffnet – leblos –, nicht mehr rot und glasig, sondern blau. Sie sind auf den Stoß Karten gerichtet. Es sind Augen, die nichts mehr sehen müssen – Augen, mit denen man geboren wird und mit denen man stirbt –, jetzt sind sie wieder blau.

Nachtschicht

Es ist fünf Uhr morgens. Die Stadt schläft noch. Nur der Bäcker ist schon wach, und die Zeitungsjungen. In den Gassen duftet es nach frischem Brot, und bald werden die Laternen erlöschen. Vom Morgengrauen sind sie schon gelblich-blass gefärbt. Die Zeitungsjungen huschen wie Schatten über die Straßen – lautlos. Alles wird vorbereitet, damit das Städtchen erwachen kann. Behutsam weicht das Schwarz der Nacht dem nebelgrauen Schimmer, der schon über den Dächern lauert. Und langsam tropft der hereinbrechende Tag in die leeren Gassen.

Verloren echot sein Schritt über das Pflaster, mechanisch und gleichmäßig, Schritt für Schritt. Jetzt nach Hause, denkt er, und schlafen, nur noch schlafen. Seine Hand gleitet in die Rocktasche, da ist der Schlüssel für die Haustür. Ich werde sie ganz leise aufschließen, denkt er, damit keiner wach wird. Schade, dass keiner wach wird, schade, dass ich Maria nicht wecken kann. Wenn sie nur ganz kurz wach würde, dann würde ich ihr »Gute Nacht« sagen und schlafen. Ja, jetzt schlafen, wenn alles allmählich erwacht, und der Bäcker die Luft so schön duftend macht.

Ich werde meinen Mantel an die Garderobe hängen und

meine Schuhe leise ausziehen. Dann gehe ich ins Schlafzimmer.

Gestern habe ich die Tür geölt. Sie hatte gequietscht, morgens um fünf Uhr, und Maria ist aufgewacht und war sauer auf mich. Lass mich doch schlafen, hat sie gesagt, ja, lass mich schlafen. Heute wird sie nicht quietschen. Ich werde mich ins Bett legen, und Maria wird nicht wach werden. Sie wird schlafen, und ich werde sie anschauen. Sie schläft so ruhig. Den grauen und so süßen Morgengeruch kennt sie nicht.

Sie wird nicht wach werden, wenn ich mich neben sie lege. Schade, dass sie nicht aufwacht, sonst würde ich ihr »Gute Nacht« sagen und dann schlafen.

Wenn Maria aufsteht, sind die Brötchen da. Sie liegen vor der Tür in einer weißen Tüte, und daneben liegt die Zeitung. Ich werde dann schlafen, denkt er, wenn Maria die Brötchen reinholt. Schade, dass ich dann schlafe, denkt er, und seine Hand hält den Schlüssel so fest, dass sie schwitzt.

Die Laternen sind schon nicht mehr gelblich-blass, sondern nur noch Laternen. Das Grau des Morgens ist einem schmutzigen Weiß gewichen. Vor den Haustüren leuchten die weißen Tüten auf, in die der Bäcker den Morgenduft gebacken hat. Jetzt schlafen, denkt er, jetzt schnell schlafen und alles vergessen. Ich werde keinen Lärm machen, wenn ich nach Hause komme. Neben dem Schlafzimmer ist das Zimmer von Jörg. Er muss früh aufstehen und zur Schule gehen. Er wird die Brötchen essen und dann zum Bus gehen. Er wird Maria »Guten Morgen« sagen, und sie werden zusammen frühstücken.

Ich werde dann schlafen, denkt er, und sie werden beide ganz leise sein, damit ich nicht aufwache. Schade, denkt er, dass ich dann schlafe, wenn sie die Brötchen essen und den Morgenduft aus den weißen Tüten lassen.

Ich liege dann in dem großen, weißen Bett, und neben mir wird Maria nicht mehr liegen. Sie geht nach Jörg aus dem Haus. In ein Büro geht sie und schreibt Briefe. Den ganzen Tag schreibt sie auf einer Schreibmaschine Briefe für Dr. Bollwick. Sie geht aus dem Haus und wird die Tür ganz leise zumachen, damit ich nicht aufwache.

Schade, dass ich nicht aufwache, ich würde ihr sonst »Auf Wiedersehen, Maria« sagen. Sie macht die Tür leise zu und geht dann auch zum Bus. Im Büro sagt sie »Guten Morgen«, und sie reden alle miteinander. Meistens reden sie von den Filmen im Fernsehen. Die späten Filme sind gut, sagt Maria, aber die sehe ich nie, weil ich dann wieder in der Fabrik sein muss. Maria redet über die Filme, die gut sind, mit ihren Kolleginnen. Ich liege dann noch im Bett und schlafe, denkt er, und stapft müde an den vollen Müllkübeln vorbei. Wenn Maria hier vorbeigeht, werden sie schon geleert sein.

Bevor ich ins Bett gehe, denkt er, werde ich noch in die Küche gehen. Ich lege dort immer meine Butterbrotdose und die Thermoskanne hin. Ich werde einen Zettel dazulegen. »Guten Morgen, Maria«, werde ich darauf schreiben. Aber wenn sie es liest, wird es schon Abend sein. Ich werde den Zettel trotzdem schreiben. Nur für mich.

Den Zaun muss ich streichen, denkt er, ich werde ihn heute streichen, wenn Maria bei der Arbeit ist. Wenn sie um sieben Uhr kommt, werde ich auf der Straße stehen und »Guten Abend, Maria« sagen, denkt er und geht an dem Zaun vorbei, den er heute streichen würde.

Das Gartentor knarrt auch, bemerkt er, aber Maria wird es nicht hören. Sie wird nicht wach werden, wenn ich komme. Sie schläft so ruhig, und ich werde sie anschauen, und dann schlafe ich auch.

Heute Abend, wenn ich den Zaun gestrichen habe, denkt er, werde ich ihr »Guten Abend« sagen, und dann gehen wir zusammen ins Haus. Maria geht dann in die Küche und bereitet das Mittagessen für mich. Für sich macht sie das Abendbrot – aber wir essen zusammen und schauen uns die Nachrichten an. Das Fernsehgerät haben wir von ihrem Geld gekauft. Schade, denkt er manchmal, schade, dass wir es gekauft haben, sonst würde ich mit Maria reden. Nach den Nachrichten kommt dann bestimmt wieder eine Talkshow und manchmal müssen wir zusammen lachen. Jörg kommt immer spät nach Hause. Meistens bin ich dann schon wieder in der Fabrik. Um elf Uhr muss ich dort sein, schon umgezogen. Ich habe einen eigenen Schrank für mich in der Fabrik. Darein lege ich meine Sachen, auch die Tasche mit den Butterbroten und der Thermoskanne für den Kaffee.

Meine Kollegen sehen auch immer die Quizsendungen und wir erzählen uns was darüber, denkt er und steht vor der Haustür, den nassen Schlüssel in der Hand. Ganz leise muss ich sein, denkt er, damit Maria nicht böse wird. Ich schreibe ihr auf einen Zettel »Guten Morgen«, gehe dann ins Schlafzimmer und lege mich neben sie. Jetzt werde ich schlafen, denkt er, neben Maria.

Wenn ich gegen Mittag wach werde, werde ich allein im Bett liegen. Maria ist dann im Büro und schreibt auf einer Schreibmaschine Briefe für Dr. Bollwick. Das ist ein feiner Kerl, sagt sie, der kann sehr gute Briefe schreiben.

Und Jörg ist in der Schule und lernt. Ich werde dann den Zaun streichen, denkt er, und wenn Maria dann kommt, stehe ich auf der Straße mit dem Pinsel in der Hand und sage »Guten Morgen, Maria«. Ich werde so lange pinseln, bis Maria kommt, und dann gehen wir zusammen ins Haus, denkt er, und der Schlüssel in seiner Hand wartet darauf, lautlos ins Schloss gesteckt zu werden und lautlos herumgedreht zu werden.

Die Tür wird sich ohne zu quietschen auftun und ihn verschlingen, und niemand wird es merken, niemand wird aufgeweckt werden. Gestern hat er die Tür geölt. Jetzt quietscht sie nicht mehr, und Maria wird nicht wach werden. Schade, dass sie nicht aufwacht, denkt er, ich möchte sie wecken, ganz kurz nur. Dann könnte ich ihr »Guten Morgen« sagen und dann einschlafen. Aber Maria würde dann sicherlich böse sein.

Seine nasse Hand reißt plötzlich den Schlüssel abrupt zurück und wirft ihn ins Beet, dorthin, wo im Herbst die zwei Kohlköpfe stehen. Dann stellt er seine Tasche mit der Dose für die Butterbrote und der Thermoskanne vor die Tür. Daneben liegt die weiße Tüte mit dem Morgenduft drin. Ich werde nicht dabei sein, wenn Maria die Tüte reinholt und wenn sie zusammen Kaffee trinken, denkt er, und es ist beinahe schon taghell, als er sich umdreht und geht.

Er pfeift sogar leise vor sich hin – ganz leise, so dass niemand aufwacht.